내가
사랑한
명화

내가 사랑한 명화

김원일의 미술 산문집

제1판 제1쇄 2018년 3월 15일
제1판 제2쇄 2019년 6월 28일

지은이 김원일
펴낸이 이광호
펴낸곳 ㈜문학과지성사
등록번호 제1993-000098호
주소 04034 서울 마포구 잔다리로7길 18(서교동 377-20)
전화 02) 338-7224
팩스 02) 323-4180(편집) 02) 338-7221(영업)
전자우편 moonji@moonji.com
홈페이지 www.moonji.com

ISBN 978-89-320-3089-0 03810

이 도서의 국립중앙도서관 출판예정도서목록(CIP)은 서지정보유통지원시스템 홈페이지(http://seoji.nl.go.kr)와
국가자료공동목록시스템(http://www.nl.go.kr/kolisnet)에서 이용하실 수 있습니다.
(CIP제어번호: CIP2018007528)

내가
사랑한
명화

김원일의 미술 산문집

문학과
지성사

삶이 고통스럽고 절망적일 때
고통과 절망, 그 괴로움에 자신을 태워버리고 싶을 때
한 장의 그림은 구원이 될 수 있다.

글쓴이의 말

한 장의 그림 속에는 먼저 색채와 형태가 주는 아름다움이 있고, 그 시대의 역사와 개인의 삶이 담겨 있다. 그림이 역사와 삶 속에 스며들면 시대의 환희와 고통, 개인사적 기쁨과 고뇌와 만나면서 평면 화면과 공간의 구조물을 꿰뚫고 또 다른 현실 세계와 환상 세계로 우리를 안내한다. 한편, 화가의 부단한 창조적 열정은 시각적 아름다움을 변용시키고 재해석하는 과정을 거쳐, 새로운 시각예술의 시야를 폭넓게 제공해준다.

비전문가의 시각으로 한 장의 그림을 통해 화가의 생애를 보며, 나의 삶과 문학을 그 이미지에 접목시켜보았다. 화가 달리가 무의식의 세계로 잠입하듯, 나 역시 그림을 좋아했기에 46점의 그림(또는 조각)이 걸린 내 마음의 화랑을 순회하며 그 그림이 내게 거는 말이나 내가 그 그림에 하고 싶은 말에 귀를 기울였다.

서양 미술은 중세 이전은 피하고 내 삶 가까이에서 함께했던 19세기와 20세기 그림과 조각을 주로 다루었다. 한국 미술은 시대를 무시하고 기억의 앙금에 남은 그림과 조각에 애정을 담아보았다.

『그림 속 나의 인생』이란 제명으로 미술 산문집이 출간된 지도 18년이 지났다. 당시 그림의 이해를 돕는 이런 책이 귀했던 탓인지 여러 쇄를 찍기도 했다. 이 책이 절판된 지 오래라 책을 찾는 독자들이 있었으나 출판사 사정으로 쇄를 더 찍지 못하던 차, 이 책을 유심히 본 어느 잡지사가 같은 형식으로 글과 그림을 싣자고 제의해와서 내가 보았던 명화를 골라 1년여 연재한 적이 있다. 그것들을 모아 이번 책에 보충했다.

이런 명화 보고 읽기가 그림을 이해하는 데 안내서 구실을 할 수 있을 것 같아 이번에 문학과지성사에서 개정판을 내게 되니, 명색 소설가가 엉뚱한 짓을 하는 게 아닌가 싶어 계면쩍은 마음이 든다. 독자의 너그러운 이해를 구한다.

2018년 봄
김원일

차례

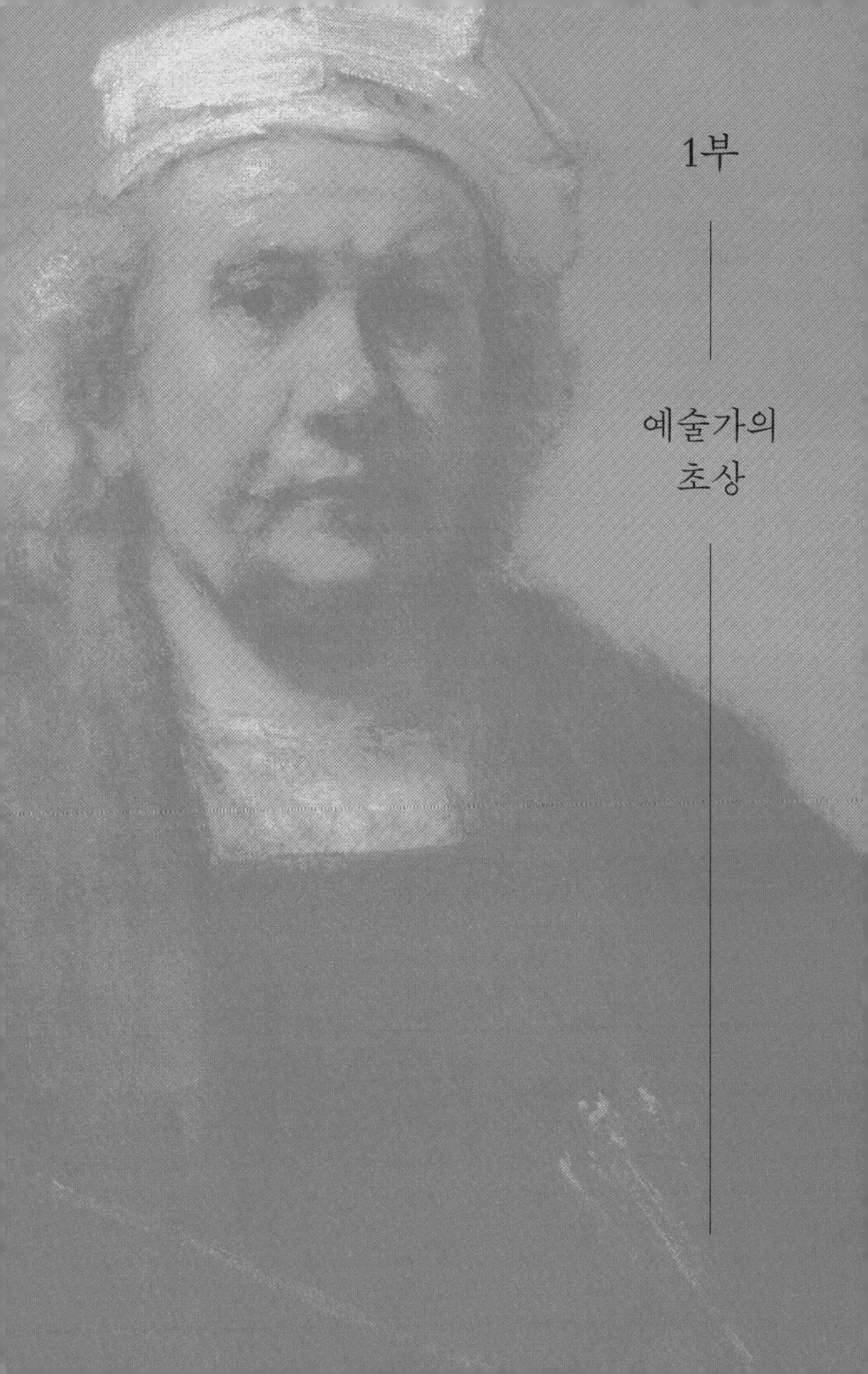

1부

예술가의 초상

운명을 넘어선 '큰 바위 얼굴'

렘브란트의 「두 개의 원이 있는 자화상」

회화사상 하르먼스 판 레인 렘브란트만큼 많은 자화상을 그린 화가는 흔치 않다. 그가 남긴 자화상은 100여 점에 달한다. 그는 화가를 지망한 10대 중반부터 죽을 때까지 줄기차게 자화상을 그렸는데, 그 자화상을 연대순으로 전시한다면 소년기부터 노년기까지 한 인간의 생물학적 성장과 노쇠 과정을 살필 수 있다. 그 사실을 넘어, 자화상을 그릴 당시 화가가 처한 환경과 심경까지 유추할 수 있다.

자화상이란 무엇인가? 거울이나 사진을 통해 본 자기 모습을 그대로 그린 그림이다. 화가가 가장 쉽게 구할 수 있는 모델은 자기 자신으로, 잠을 자다가도 벌떡 일어나 자신을 그릴 수 있다. 화가는 촛불을 켜고 그 빛의 반사가 얼굴에 어떤 음영을 던지는지를 관찰하며, 집념을 가지고 그린다. 표정을 살피고, 그 표정의 내면까지 이목구비를 통해 끄집어내려 심혈을 기울인다. 자신의 얼굴을 통해 앞으로 그리게 될 타인의 얼굴을 연상하며 끊임없는 탐색을 시도한다.

자화상 그리기는 곧 자기 성찰이다. 화가는 화면에 드러나는 자기 얼굴을 향해 나는 누구인지, 내가 지금 어디에 서 있는

지 질문한다. 화가에게 자화상은 문자가 회화로 변용된 일기다. 그러므로 감상자는 화가의 공개된 일기를 보며 화가를 통째로 유추해내려 한다.

렘브란트가 1665년경에 그린 이「두 개의 원이 있는 자화상」은 50대 후반 그의 모습이다. 헝클어진 머리에 흰 모자를 쓰고 두툼한 외투를 걸쳤다. 손에는 팔레트를 들고 지친 표정으로 정면을 응시하고 있다. 1640년에 그린「자화상」과 비교해보면, 20여 년 사이에 얼굴에는 주름이 늘고 눈자위는 우묵하게 꺼지고 검붉은 머리칼은 백발로 변하고 턱살은 늘어진, 폭삭 늙어버린 렘브란트의 모습을 볼 수 있다. 달라지기는 세월의 앙금이 앉은 얼굴만이 아니다. 금, 모피, 벨벳, 자수로 장식된 그가 즐겨 쓰던 모자와 칼라에 털 달린 고급 모피 외투가 1640년대 당시 렘브란트의 중산층 신분을 나타냈다면, 여기에서 보는 만년의「자화상」은 두건 같은 흰 모자와 허름한 외투에서 그의 사회적 신분이 몰락했음을 가늠할 수 있다.

네덜란드 레이던의 제분소집 아들이었던 렘브란트에게 부와 사랑을 한꺼번에 안겨준 첫번째 아내 사스키아Saskia van Uylenburch가 넷째 아이 티투스를 낳고 이듬해 폐결핵으로 사망한 때가 그녀 나이 30세인 1642년이었다. 렘브란트는 아내와 사별 후 파멸의 길로 내닫기 시작했으니, 1640년에 그린「자화상」시절은 부와 명성을 함께 누린 그의 전성기였다. 당시 화가라면 필수였던 로마 유학을 다녀오지 않은 국내파 작가였으나 그 명성은 이미

Harmensz van Rijn Rembrandt, *Self-Portrait with Two Circles*, c. 1665,
Kenwood House, London.

유럽을 흔들었고, 수집가들이 돈을 싸안고 그의 그림을 얻으려 몰려들었다. 그런 명예의 한 시절은 아내의 죽음과 함께 막을 내렸다.

사스키아가 죽은 뒤 1640년대 중반부터, 렘브란트가 그린 주문자의 초상화가 실제 인물과 닮지 않았다며 고객이 떨어져 나가고, 낭비벽이 있던 그는 여기저기 널린 채무에 시달리기 시작했다. 출판업, 인쇄업, 활자주조업 등 벌인 사업마다 실패하여 파산선고를 당한 발자크가 부채를 갚기 위해 초인적인 정력으로 소설을 썼듯, 렘브란트도 채권자의 빚을 갚기 위해 필사의 노력으로 그림을 그렸다. 인물을 그려낼 때 실물과 닮고 닮지 않고를 초월해 그 사람의 성격과 운명까지 투시하는 렘브란트의 날카로운 천재성을 인정하면서도 비평가, 수집가, 채권자 들은 그의 그림값을 깎으려 이러쿵저러쿵 흠을 잡았으나, 그는 자신이 당대의 뭇 경쟁자를 제치고 후대에까지 살아남을 것임을 확신했기에 자존심만은 늘 당당했다. 사실 그의 대표작들은 「야경」(1642년경) 이후 만년의 고독과 파멸 속에서 그려진 집념의 소산이다.

나는 이 드로잉과, 이 드로잉이 나에게 건네는 말을 결코 잊지 않겠다. "나는 세상의 빛이다. 나를 따르는 자는 어둠 속을 걷지 않을 것이며 삶의 광명을 얻을 것이다."

고흐가 렘브란트의 그림 「그리스도의 매장」(1639년경)을 보고 아우 테오에게 보낸 편지의 한 구절이다. 『신약성경』의 예수의 예언을 인용했지만, 고흐가 보았듯 렘브란트야말로 어둠 속에서 빛을 향해, 그의 화면 속에 등장하는 모든 인물의 영혼의 심층까지 표현해내려 한 화가였다. 빛의 미세한 흐름, 어둠을 뚫고 이동하는 빛 속에 드러나는 동작과 표정을 통해 모델의 영혼까지 길어 올렸다.

빚에 몰린 파산으로 아내 사스키아의 묘지마저 팔아 유골을 싼 묘지로 이장하고, 그의 두번째 아내 헨드리키에Hendrickje Stoffels의 죽음(1663)을 겪고, 사스키아와의 사이에서 얻은 세 자식을 생후 이태 안에 모두 잃은 뒤 겨우 살려낸 넷째 아이 티투스마저 27세에 죽자, 이듬해인 1669년 은둔의 고독 속에 유폐되었던 17세기의 이 위대한 화가도 63세로 눈을 감았다.

곧 닥칠 자신의 비극적인 운명을 예감했을까. 지친 듯, 무심한 듯한 「두 개의 원이 있는 자화상」의 표정에는 슬픔이 깃들었으나 그 고통을 담담하게 받아들이겠다는 초연함 또한 엿보인다. 마치 '큰 바위 얼굴'을 보는 듯하다.

잠자다 일어난 듯 잠옷 차림의 소설가
로댕의「발자크상」

로댕 미술관을 찾아간 1999년 4월 15일은 파리 날씨치고 모처럼 파란 하늘에 해가 났으나 바람이 불고 몹시 추웠다. 여러 차례 파리에 들렀건만 오귀스트 로댕의 작품을 찬찬히 감상하기는 이때가 처음이다. 미술관은 관람객으로 초만원을 이루고 있었다.

열정과 욕망, 환희와 고뇌, 탄생과 죽음, 그 모든 인간적인 내면을 투시하며 청동·대리석·석고라는 딱딱한 조형물을 통해 생명력과 혼을 불어넣은 로댕은, 인간이 최초로 군집 생활을 시작한 때와 함께해온 장구한 조각의 역사를 로댕 전과 로댕 후로 구분 지으며, 조각을 건축의 장식물에서 따로 떼어내 독립시킨 근대 조각의 시조로 추앙받는다.

나는「발자크상」앞에 선다. 프록코트를 걸친 배불뚝이의 뚱뚱한 몸을 뒤로 젖히고 앞을 투시하는 사자 머리의「발자크상」을 오랫동안 바라보자, 발자크의 소설『골짜기의 백합』을 읽었던 청소한 시절부터, 로댕이 발자크 기념상을 제작하던 과정의 일화가 한꺼번에 뇌리를 스쳤다.

1891년, 프랑스 문인협회로부터 1만 프랑을 대가로 발자크 기념상 제작을 의뢰받은 로댕은 문학비평가 못지않게 발자크 연구에 착수한다. 발자크의 방대한 소설과 삶을 기록한 문서를 탐독하고, 그의 사진, 초상화, 데스마스크를 면밀히 검토하며, 발자크와 닮은 모델을 찾아 헤맨다. 발자크가 태어난 곳이며 '프랑스 정원'이라 일컬어지는 아름다운 도시 투르를 방문하고, 발자크의 손을 뜬 청동상이 있는 벨기에 브뤼셀까지 여행한다. 그는 기념상을 만들기 전, 예행연습으로 수많은 발자크 스케치와 누드 환조를 제작한다. 머리, 가슴, 몸통을 빚고 환조 위에 수도복을 입혀보고, 잠옷을 걸쳐놓아보고, 숫제 머리 없는 발자크상을 만들었다가 부숴버리기도 한다.

높이 3미터의 발자크 기념상 제작을 1893년 5월까지 완료하기로 문인협회와 약속했으나, 로댕은 그 기한을 훌쩍 넘겨버린다. 한 해 두 해가 지나자 문인협회의 독촉이 성화같다. 그러나 로댕은 "위대한 예술가는 기한을 넘길 수 있다는 걸 그들은 왜 모르는가?"라고 응수하며, 1만 프랑을 공탁한다. 드디어 로댕은 천신만고 끝에 1897년에야 「발자크상」을 완성한다 그러나 문인협회 측은 위대한 작가의 기념상에 걸맞지 않게 흉물스럽고 볼품없다는 이유로 인수를 거절해버린다. 로댕은 살롱전에 출품한 그 석고상을 청동으로 뜨지 않은 채 뫼동Meudon의 자기 집 정원에 세워두었다.

로댕은 자신의 옹호자인 소설가 에밀 졸라에게 "진실은 영원하므로 이 기념상은 언젠가 그 가치를 인정받을 것이다. 나는 물론, 발자크도 그날을 기다리겠다"라고 했다. 알렉산드르 솔제

Auguste Rodin, *Monument to Balzac*, 1892~1897,
The Musée Rodin, Paris.

니친이 "한 작가는 한 정부보다 위대하다"라고 말한, 예술혼의 자만심과 오기가 피부에 닿는 대목이다. 그런 열정과 자부심 없이 위대한 예술품은 탄생되지 않는다. 그러기에 진정한 예술가는 오늘도 가난과 고독을 이기며, 밀실에서 창조의 열망으로 열정을 소진시킨다.

추위에 떨며 「발자크상」 앞에 망연히 서 있자, 로댕이 몇 년에 걸쳐 왜 그토록 발자크 기념상 제작에 심혈을 쏟았을까 하는 의문이 떠올랐다. 어느 작품이든 심혈을 쏟지 않은 작품이 있을까마는 연인의 열정적인 「입맞춤」(1880~1898)에 숨도 제대로 못 쉰 내게 발자크의 모습은 너무 기이했다. 문득 로댕이 발자크의 생애를 통해 예술가로서의 자기 모습을 보았기 때문은 아닐까 하는 생각이 들었다.

발자크는 그 용모가 말해주듯 일에 미친 다혈질의 열정덩어리 작가였다. 약 90여 편, 등장인물이 2,000명에 이르는 대하소설 『인간희극』이 말해주듯, 작가는 당시 부르주아 사회의 각양각색의 인간상을 줄기차게 파헤쳤다. 로댕은 「발자크상」을 통해 작가의 타오르는 열정과 힘을 자신의 예술 작업과 일치시키며 그 내면의 진실을 끌어냈던 것이다. 어찌 발자크만 일에 미친 다혈질의 열정덩어리였겠는가. 시인 릴케는 로댕의 조수 시절, 스승과 함께 작업을 끝내면 길 건너 자기 숙소에서 밤늦게까지 시 작업에 몰두했다. 릴케가 잠이 들었다 깨어나 보니 로댕의 작업실은 그때까지 불이 밝았고, 돌과 씨름하고 있는 스승의 모습을 실루엣으로 볼 수 있었다.

만년에 로댕이 살았고 지금은 그의 미술관이 된 뫼동 대저택의 정원에는 그의 대표작 「지옥의 문」(1880~1917)과 「칼레의 시민」(1884~1895)이 야외에 전시되어 있다. 「칼레의 시민」 역시 칼레 시의회와 인수 문제를 두고 곡절을 겪은 작품으로, 칼레시를 영국으로부터 구한 영웅적인 모습들이 아니다. 영웅의 기념상은 영웅적으로 만들어져야 한다는 데 대해 로댕은 그 형식적 권위주의에 반기를 들었고, 영웅으로 남기까지의 인간적인 고뇌가 더 위대하다는 데 초점을 맞췄던 것이다.

로댕 미술관의 정원을 「생각하는 사람」(19세기경)처럼 로댕이란 거인의 생각에 잠겨 거닐자, 문득 눈에 들어오는 바람결에 떨고 있는 활짝 핀 노란 튤립밭이 너무 아름다웠다.

절망적인 공포 앞에서의 외침

뭉크의 「절규」

에드바르 뭉크의 「절규」를 처음 만난 때가 1960년, 내가 대학에 입학하던 해다. 카뮈의 소설 『전락』의 번역판 표지화로 차용된 그 그림을 처음 보았을 때, 유령 혹은 외출한 정신병자 옆을 스쳐 갈 때의 섬뜩함으로 나는 전율했다. 그는 무엇을 보고, 무슨 소리를 들었기에 저렇게 귀를 막고 공포에 질려 절규할까. 가위눌려 살아온 나의 청소년기야말로 끊임없는 내출혈의 절규였기에 그 그림의 기괴함이 가히 충격적이었지만, 그 그림이 내 삶과 그리 먼 거리에 있지 않다는 또 다른 친숙감도 작용했다.

친구와 함께 길을 가고 있었다. 해가 저물었다. 나는 우울증을 느꼈다. 갑자기 하늘이 붉은 핏빛으로 변했다. 나는 그 자리에 서버렸다. 너무 피곤해 난간에 기댔다. 그리고 검푸른 도시의 협만에 걸린 타오르는 핏빛 구름을 보았다. 친구는 걸어가고 있었다. 나는 그 자리에 서서 무서움에 떨었다. 나는 나를 에워싼 분위기가 하도 고통스러워 끝없이 외치고 싶었다.

— 1892년 '뭉크의 일기'에서

Edvard Munch, *The Scream*, 1893, National Gallery, Oslo.

알코올중독에 빠져 실제 겪었던 체험을 화폭에 담은 「절규」는, 사선으로 화면을 불안하게 가로지른 다리 난간 앞에서 아우슈비츠 수용소 수감자나 외계인인 듯한 머리칼 빠진 해골의 사내가 공포에 질린 채 무슨 소리에 놀란 듯 두 귀를 막고 비명을 지른다. 원근법의 구성에 따라 화면 상단 왼쪽 한 귀퉁이에 중절모를 쓴 게슈타포 같은 사복 차림의 사내 둘이 절규하는 깡마른 사내를 멀찌감치 따른다. 마치 불온범이나 유대인을 미행하는 권력의 하수인인 듯. 다리 아래는 협만이고 하늘은 핏빛 놀이 물굽이를 이룬다.

당시 20대 초반이던 우리 세대는 제2차 세계대전의 종전이 낳은 부조리 철학인 실존주의에 심취해 있었다. 한국전쟁이 끝난 지 몇 해, 사회는 아직 질서를 찾지 못한 채 가난의 누더기를 쓰고 있었고, 우리 여섯 가족은 단칸 셋방에서 하루 끼니를 해결하는 데 급급했다. 나는 생존 자체를 회의했고, 한창 감수성이 예민한 사춘기라 죽음의 유혹은 사방에 널려 있었다. '왜 살아야 하느냐' 하는 끊임없는 질문을 소설 습작을 통해 되풀이하던 시절, 뭉크의 그림 한 장이야말로 전쟁 통의 폭격과 기아에서 겨우 살아남은 우리 가족의 모습을 보는 듯했다. 삶의 공포에 짓눌려 절규하지만 그 외침은 메아리로 돌아오고, 냉혹한 현실의 파고를 넘어야 할 책임은 각자의 어깨에 메여 있었다. 어머니는 바느질품을 팔았고, 나는 1960년 그해 고교를 졸업할 때까지 신문 배달을 했다. 「절규」를 통해 곤핍한 우리 가족 외에도 삶에 짓눌려 끊임없이 고통스러운 외침을 내지르는 이웃이 주위에 널렸다는 사실에 적잖은 위안을 받기도 했다.

　뭉크는 성격파탄자였던 의사의 아들로 노르웨이에서 태어났다. 일찍이 어머니와 누이를 결핵으로 잃고 자신 또한 병약하여, 소년기부터 죽음의 사자가 조만간 자신을 방문하리라는 공포에 시달렸다. 그의 초기 작품에는 죽음 주위에 도사린 산 자의 슬픔과 우수, 고독과 고통이 짙게 배어 있다. 인물은 구체적인 묘사보다 목판화적 생략으로 추상화시키거나 암묵적으로 짓이겨버리고, 유치원생의 크레용 그림에서 보듯 마른 붓질로 덧칠해진 화면은 무겁고 어둡다. 말년에 가서야 후기인상파의 영향으로 색상이 조금 밝아졌지만, 역시 그의 화면에 나타난 인물은 유폐된 지하에서 살아 나온 유령인 듯 고통 그 자체의 모습이다. "비사실非寫實을 통한 내면의 표출"이란 평자의 말 그대로, 그의 그림은 독일 표현주의의 영향이 절대적이다. 그러므로 고상함과 세련미와는 거리가 멀다.

　자신의 가족사적인 침울함을 통해 사회의 병리적 현상을 화폭에 담은 그의 그림을 비평가들은 무시했으나, 『인형의 집』으로 유명한 헨리크 입센은 그를 열렬히 옹호했다. 그런 의미에서 뭉크의 그림에 프로이트의 정신분석학과 문학적 해석을 접목시키면, 그 주제가 더욱 강렬한 전달력을 가진다.

　인간은 결코 고독, 공포, 죽음으로부터 자유로울 수 없음이 「절규」에서 기괴함의 심리적 변주로 다가온다. 「절규」 이듬해에 그린 「사춘기」(1894~1895)에서도 알몸의 청초한 소녀가 이른 봄의 한기에 새처럼 떨고 있는 모습 뒤로 과장되게 그려진 큰 그림자를 통해, 다가올 성년의 삶의 불가해함에 불안해하는 심리를 예리하게 포착해냈다. 사춘기 소녀의 심리를 읽어내는 그의 독특한 문학성이 놀랍다.

　뭉크가 보았던 삶의 우수와 죽음의 공포, 단독자로서의 그 '절규'야말로 오늘의 시대에 가족의 중요성, 삶의 건강성, 공동체의 유대에 대한 강렬한 환기의 외침에 다름 아니다. 죽음에서 삶을 보듯, 공포를 통해 '이렇게 살아서는 안 된다'라는 현실을 본다. 히틀러 정권이 뭉크의 그림을 퇴폐예술이라 하여 몰수한 행위에서 보았듯, 우리는 그의 그림을 통해 나치스 시대의 공포가 기술 만능 시대의 인간소외 현상으로 다시 재현됨을 목격한다.

생활에 지친 남편과 욕망에 주린 아내

호퍼의 「도시의 여름」

미국의 사실주의 화가 에드워드 호퍼의 그림을 처음 보았을 때, 나는 '이발관 그림' 스타일의 단순한 사실화를 어디선가 본 적이 있다는 인상을 받았다. 그 연상은 쉽게 한국전쟁 와중 고향에서의 생활을 환기시켜주었다.

전쟁 이전에는 종이가 귀하던 시절이라 읍내 사람들도 뒷간 출입 때는 농민들처럼 짚을 사용했고, 그나마 형편이 조금 나은 집은 신문지나 포대 종이를 밥상에 오르는 김 크기로 잘라 철사에 꿰어 매달아두고 한 장씩 뜯어 썼다. 전쟁 와중에는 구호품으로 묻어왔겠지만, 우리 신문보다 미국 신문이나 헌 잡지가 읍내에 많이 나돌아 그걸 잘라 뒷간 휴지로 사용하기도 했다. 뒷간에 앉아 있는 무료한 시간에 미국에서 건너온 휴지 조각을 보노라면 더러 컬러 만화를 만나기도 했는데, 호퍼의 그림이 그 당시 본 만화와 많이 닮았기에 기억이 저절로 따라갔던 것이다. 호퍼의 그림은 미국의 간판 선전물, 홍보 전단 따위에서 흔하게 볼 수 있는 전형적인 미국 스타일의 대중화와 닮았다.

생각 없이 후딱 보면 그의 그림은 실내 공간이든 거리 풍경이든 실제 생활의 한 장면을 사진으로 찍고, 이를 이발관 그림쟁이가 가식 없는 붓질을 거쳐 재현해낸 듯한, 그저 그런 그림으로 보인다. 그러나 호퍼의 그림을 한참 들여다보며 무엇 때문에 화가가 이 그림을 그렸을까를 곰곰이 따져보면, 그림 속에 담긴 의미가 의외로 심상찮고 군중 속 개인의 삶에 대한 많은 함축성을 담고 있다는 데 새삼 놀라게 된다.

호퍼의 그림은 일상생활의 한 단면을 자연스럽게 제시하지만, 사실은 아무렇지 않게 그냥 보여주는 게 아니라 인간 내면의 무의식적 심층, 그 공허감과 단절을 감상자가 읽어내야 한다고 주문한다. 그러므로 그의 그림 속에는 '심연 같은 침묵'이 있다. 청각으로 듣거나 문장으로 표현할 수 없는, 화면에서 침묵을 감지하게 하는 이상한 힘이야말로 호퍼만이 표현 가능한 독창적인 재능이다.

「도시의 여름」에도 침묵이 화면을 압도한다. 대화 없이 단절된 젊은 남녀가 화면 중심에 자리 잡고 있다. 쫓기듯 바빴던 직장에서 풀려나 남자는 집으로 돌아오자 더위에 지쳐 알몸으로 침대에 엎어져 있다. 허약한 남편을 등지고 침대에 걸터앉은 젊은 아내는 터질 듯 팽창한 욕망을 혼자 다스리다 못해 심통에 찬 표정이다. 스트레스를 받기는 양쪽이 마찬가지고, 도시 생활의 피곤과 권태가 실내의 진득한 더위 속에 녹아 있다. 테네시 윌리엄스의 희곡을 영화화한 폴 뉴먼과 리즈 테일러 주연의 「뜨거운 양철 지붕 위의 고양이」의 한 장면을 연상시킨다.

1968년, 힘들게 지방대학 졸업장을 쥔 후, '말은 제주도로

Edward Hopper, *Summer in the City*, 1950, Private Collection.

사람은 서울로'라는 말을 좇아 졸업식 다음 날 나는 직장도 구하지 않은 채로 무작정 상경했다. 친구 하숙방에 이불 보퉁이를 풀고 일주일을 헤맨 끝에 잡은 직장이, 부도가 나 재기에 안간힘을 쓰던 출판사였다. 평일 근무는 아침 아홉 시부터 저녁 일곱 시까지, 토요일은 저녁 여섯 시까지였다. 통금이 있던 당시, 1년의 절반은 밤 열 시까지 야근을 했고 신간 출간을 앞두고는 1년에 한 달 정도 출판사 옆 여관을 잡아놓고 자정까지 일을 했다. 그런 고된 생활을 젊은 한 시절 10년도 넘게 했으니, 그렇게 직장 일에 시달리면서도 허구한 날 술 먹고 짬짬이 소설 쓰며 자식 낳고 살아온 게 지금 생각하면 신기하기까지 하다.

1995년 뉴욕에 갔을 때 호퍼의 작품을 가장 많이 소장하고 있는 휘트니 미술관을 관람했고, 「도시의 여름」 앞에서 나는 문득 30대의 내 젊은 시절을 떠올리며 실소를 지었다.

호퍼의 아내 조세핀 니비슨Josephine Nivison Hopper은 성공하지 못한 화가였으나 그의 충실한 이해자였다. 그러나 활달한 수다쟁이 조는 소유욕이 유별나 남편의 모든 그림에 등장하는 여자 모델이 되기를 자청했다. 염세주의적 성격의 호퍼로서는 43년의 결혼 생활 동안, 아내와 적잖은 불협화음을 겪을 수밖에 없었고, 그는 그런 아내를 화면에 다소 냉소적으로 곧잘 등장시켰다. 「도시의 여름」에서도 보이듯 침대에 엎어져 누운 남자는 호퍼 자신으로, 욕구불만에 가득 찬 채 앉아 있는 여성은 조로 표현했다. (호퍼가 죽은 후, 그의 미망인은 2,500점에 달하는 남편의 작품을 휘트니 미술관에 기증하여 미술품 기증사상 진기록을 낳았다.)

비평가나 기자가 호퍼에게 그의 그림에 대해 질문할 때면, 그는 지갑 속에 넣고 다니던 쪽지에 적어둔 괴테의 말을 인용하곤 했다.

모든 문학의 시작과 끝은 개인적인 형식과 독창적인 법칙에 의해 파악되며, 재창조되는 형식은 내 속에 있는 세계를 통해 나를 둘러싼 세계를 다시 만드는 일이다.

호퍼는 괴테의 말처럼 지극히 개인적인 시각으로 암시적이고 상징적으로 대상을 표현했지만, 감상자는 화면이 보여주는 인간과 인간, 인간과 사회, 그 단절과 침묵을 통해 한 권의 심리소설을 읽는다.

존재론적 고독, 결핍의 내면 성찰

자코메티의 「걷는 남자」

알베르토 자코메티의 덕지덕지 녹이 슨 철골 같은 인체 조각을 이해하려면, 그의 오랜 친구이자 이론적 동반자였던 전후 실존주의의 대명사 장-폴 사르트르의 자코메티에 관한 평설을 읽어 보면 된다. 그러나 그 글은 너무 어렵다. 해설이 철학적인 논리로 일관하다 보면 읽을수록 더 미궁에 빠지는 경우가 있다. 따지고 보면 지식을 얻겠다는 공부도 파고들면 들수록 애매모호하고 어려워진다.

"저 별을 볼 때 내 시력의 속도가 몇몇 분의 1초 만에 저 별에 도달할까?" 내가 이렇게 묻는다면, 그 수학적 공식을 풀어내는 데는 계산기에 의존하는 것만으로 통하지 않는다. 일반인들은 그 속도의 원리를 알고 싶어 하지도 않는다. "별 말이야? 그냥 보면 되지 뭘. 저 우주 공간에 참으로 멀리 떨어져 있구나 하며 그냥 보는 거야."

자코메티의 「걷는 남자」도 일반인이 별을 보듯 그렇게 보기로 하자. 우선 인체가 비정상적으로 너무 말랐다. 체형이 꼬챙이처럼 마르고 너무 길어 균형이 잡히지 않았다. 쇠로 만든 조형물이기에 다행이지, 나무나 흙으로 빚었다면 부러질까 봐 쥐기조

Alberto Giacometti, *Walking Man*, 1947, Leopold Museum, Vienna.

차 불안하다.

　자코메티의 조각을 보는 일반인들은 먼저 '얼마나 굶으면 저렇게 될까?' 하는 애처로운 생각부터 하게 될 것이다. 오래 굶어 인체가 필요한 영양분을 흡수할 수 없을 때 저런 꼴이 될 거라고 수긍하며, 아우슈비츠 수용소나 내전에 휩쓸려 떠도는 아프리카 난민을 연상할 수도 있다.

　어쨌든 자코메티의 인체를 보면 '불안'하다는 느낌부터 든다. 조금 유식한 말로 '존재의 불안'이란 개념이 떠오른다. 나는 그럭저럭 먹고살기 때문에 저토록 마르지는 않았지만, 내 의식은 빈 깡통처럼 저렇게 말라 있을는지도 모른다. 내 육체 역시 나무처럼 하나의 사물로 존재할 뿐이라는 생각도 든다. 생각이 그쯤에 이르면 이 세상에 던져진 '나'라는 존재가 「걷는 남자」처럼 쭉정이 상태로 거리를 활보하고 있으며, 타인 역시 그렇게 하나의 사물로 무의미한 보행을 하고 있다고 파악된다. 대량생산의 물질주의 시대에 나 역시 기계에 찍혀 나온 기성품의 하나가 아닌가 하는 의심이 들면, 나라는 존재는 인간의 존엄성이고 뭐고 따질 것 없이 '고독'한 단독자, 젓가락 같은 하나의 사물로 존재할 뿐이다.

　'고독한 존재.' 「걷는 남자」를 보면 그런 제목도 어울릴 법하다. 조직 사회 안에서 하루를 분分 단위까지 따져 사용하지만, 다람쥐 쳇바퀴 도는 듯한 일상의 반복 속에서 우리는 그저 하루하루 '존재'할 따름이다. 이를 누군가는 "군중 속의 고독"이라 말했다. 그런데 그 고독의 의미는 또 무엇일까.

자코메티의 조각에 대한 사르트르의 다음과 같은 평설은 비교적 쉽게 전달된다.

인간은 사과나 개, 건물 등의 사물처럼 경험의 대상으로 파악될 수 없다. 사과나 개, 건물 따위는 있는 그대로 존재하는 존재로서, 그것 자체로 충족된 존재다. 인간은 충족되지 않는 욕망을 가진 존재다. 충족되지 않는 욕망을 가지고 있다는 것은 늘 결핍되어 있음을 뜻한다. 인간의 의식은 그 결핍을 채우기 위해 늘 무언가를 갈망한다.

사르트르의 '욕망의 결핍'이라는 말에는 따끔하게 와 닿는 게 있다. 오늘날 평범한 우리네 삶은 늘 상대적 결핍에 시달리고 있다. 예를 들어 50~60년 전만 하더라도 우리는 생활비의 절반 이상을 먹는 데 사용했다. 먹는 것도 끼니를 잇는 정도였다. 식食을 뺀 나머지는 의衣·주住와 자녀의 학비로 썼고, 고통을 참기 힘들 만큼 큰 병에 걸릴 때나 의료비로 쪼개어 썼다. 그러나 오늘날 도시인의 삶은 '굶어 죽거나 얼어 죽지 않는 상태'로는 만족할 수 없다. 자본 논리에 따른 상품 광고는 인간의 끝없는 욕망을 부추기고 늘 욕망의 결핍에 시달리게 한다.

「걷는 남자」에 '욕망의 결핍'을 적용하면 그럴듯하다. 욕망에 결핍된 한 남자가 걷고 있다. 그의 삶은 늘 충족되지 않는 욕망의 결핍으로 '고독'할 수밖에 없다. 그런데 그 해석만으로는 부족하다. 자코메티가 본 '결핍'의 의미는 생물학적이거나 세속적인 결핍이 아닌, '정신적 결핍'과 닿아 있다. 인간은 존재 자체로 만족할 수 없을 때 우월자로서의 신을 선택한다. 거기에 의지하면 행복이 있다. 신은 늘 현실을 넘어선 사차원의 공간에 인간의 대피소를 마련해주기 때문이다. 그러나 20세기에 들어 양차에 걸친 세계대전을 체험하며, 신이라는 그 무형의 존재마저 과연 믿을 만한 대상일까 하는 의심이 들 때 정신적 결핍은 치명적이다. 어디에도 기댈 수 없는 정신적 공황 속에서 존재 자체마저 회의하게 된다.

꼬챙이같이 마른 「걷는 남자」는 정신적 결핍, 내면의 고독, 심리적 불안을 상징하는 현대인의 초상이 아닐까. 나는 그렇게 보았다. 설령 내 해석이 작가의 의도와 맞지 않는다면 그 점은 내 안목의 한계이고, 한편 감상자의 자유다.

육신의 고통에서 유아로 환생

프리다 칼로의 「유모와 나」

여섯 살에 소아마비를 앓아 한쪽 다리가 정상적으로 발육하지
못하고, 열여덟 살에 당한 교통사고로 30여 년에 걸쳐 수십 차
례나 수술받았으며, 세 번에 걸친 임신도 유산으로 실패한 끝에
47세에 죽은 멕시코의 화가 프리다 칼로는 자신의 고통에 찬 생
애를 적나라하게 화폭에 옮겼다.

　칼로의 생애와 그림을 말하려면, 그녀의 남편 디에고 리베
라와 함께 언급해야 한다. 멕시코 미술을 세계적 수준으로 끌어
올린 탁월한 민중 화가 리베라는 특히 벽화로 유명한데, 멕시코
시티 교육청 회랑과 테라스를 장식한 거대한 연작 벽화는 그곳
을 방문한 관광객에게 빼놓을 수 없는 관광 코스다. 원시시대부
터 현대에 이르기까지 멕시코 역사를 민중의 시각에서 재현한
회랑의 벽화를 나는 세 차례 멕시코 여행 때마다 보았는데, 갈
때마다 밀려다녀야 할 만큼 관광객으로 붐볐다.

　작은 키에 날카로운 이목구비, 특히 검고 짙은 눈썹이 미간
을 지우고 맞붙은 아름다운 화가 지망생 프리다 칼로가 당대 멕
시코 최고의 화가 리베라와 결혼했을 때 그녀의 나이는 22세, 고
릴라 같은 거구의 이혼남인 리베라는 43세였다. 둘 다 고집이 세

고 직선적이며 격렬한 감수성을 가졌기에 25년에 걸친 이들의
사랑은 수많은 역경을 넘을 수밖에 없었다. 서로가 서로를 배신
하는 과정을 거쳐 별거와 이혼, 재결합을 되풀이했다.

　야만적인 바람둥이 리베라가 자신의 동생 크리스티나마저
건드리자, 프리다 칼로도 다른 남자를 찾았고 동성애를 갖기도
했다. 칼로의 유명한 연애 사건은 러시아 볼셰비키 혁명의 주역
트로츠키와의 애정 행각으로, 당시 트로츠키는 리베라의 도움
으로 멕시코로 망명해 그녀의 집에 머물고 있었다. 둘은 책 속에
편지를 끼워 주고받으며 밀회를 즐겼으나, 트로츠키의 아내에게
들켜 그 사랑은 오래가지 못했다.

　칼로와 리베라는 서로를 불신하고 미워했으나, 서로가 이
지상에서 운명을 함께할 단 한 사람의 연인이자 예술의 동반자
임을 내면 깊숙이 믿어 의심치 않았기에 그 사랑은 세속을 넘어
선 드라마틱한 서사시요 애증의 파노라마였다. 그녀는 리베라의
못된 행실에 여성으로서 질투하고 증오하며 괴로워했지만, 리베
라의 예술적 열정과 그가 창조해내는 작품 앞에서는 한없는 존
경심을 바쳤으며 코뮤니스트로서의 정치적 동지로 그를 이해했
고, 끝내 모성 같은 너그러움으로 그를 품었다.

　「유모와 나」는 유아 시절 인디오 보모의 젖으로 자신이 양
육되었음을 매개로 하여, 건강한 아기로 다시 태어나 전설 속의
인디오 여신으로부터 꽃즙 같은 젖을 먹으며 싱싱한 육신으로
성장하고 싶다는 칼로 자신의 소망을 신화적 상상력에 결합시킨

Frida Kahlo de Rivera, *My Nurse and I*, 1937, Museo Dolores Olmedo,
Xochimilco, México.

작품이다.

스페인 정복군에 의해 멸망한 14세기 중엽 이전까지 멕시코는 찬란한 인디오 문명을 건설한, 유럽 중심의 세계사 속에 편입되지 않은 부족국가 형태로 넓은 대지에 흩어져 고유의 문화를 창출하며 역사를 이어왔다. 그림에는 단비가 내려 대지의 식물에 수분을 공급한다. 인디오 가면에서도 볼 수 있는 그림 속의 이 헌걸찬 여성은 멕시코 신화 속에 살아 숨 쉬는 생산과 출산의 상징으로 보인다. 우람한 유방에서는 대지와 생명체를 살린 젖이 흐르고 있다. 얼굴은 성인이요 몸은 아기인 칼로가 그 품에 안겨 입술을 벌리고 젖을 받아먹고 있다. 젖은 핏줄이 꽃나무에 연결되어 마치 생명의 꽃즙이 흘러나오는 것처럼 표현했다. 칼로를 안고 있는 헌걸찬 여성은 자신을 키워준 유모요, 한편으론 자신의 의지처 리베라인지도 모른다. 그 품에 안겨 현재의 고통스러운 육신에서 해방되어 갓난아기로 되돌아가, 사랑의 다디단 젖을 먹고 싶은 욕망의 표현일 수도 있다.

칼로는 대부분의 그림에 자신을 모델로 등장시켰다. 소녀 시절부터 꿈꿔왔던 리베라의 아기를 갖는 일이 유산으로 실패하자 풍선처럼 띄워 올린 태아를 통해 그 아픔을 표현하는가 하면, 수술 과정에서 겪은 모진 고통을 장기마다 못이 박혀 피 흘리는 자신의 알몸을 통해 섬뜩하리만큼 자극적으로 표현했다.

1954년, 칼로는 차츰 썩어가는 다리와 척추를 일곱 차례나 수술받았고 아홉 달 동안 입원했다. 그러면서 칼로는 더 이상 삶을 지탱할 수 없음을 예감했다. 병원 측은 사인을 폐 기능 소진이라 밝혔지만, 대부분의 사람들은 그녀가 육신의 고통과 생존의 절망을 이겨내지 못해 자살을 택했다고 믿었다.

멕시코가 낳은 위대한 화가 프리다 칼로의 장례는 국장으로 치러졌다. 장례식 날 리베라는 칼로의 관 위에 당시 불법이던 멕시코 공산당 당기를 덮어주는 쇼를 벌여 정부 관료들을 긴장시키기도 했다. 예술의 동반자 겸 정치적 동지였던 둘의 질긴 인연이 끝나, 이승에서 서로 갈라지는 순간이었다.

몸의 고통, 내던져진 육체

베이컨의 「누워 있는 여자」

나는 아무 운동도 하지 않는다. 광연가狂煙家에 모주꾼이기도 하다. 주위에서는, 오래 살긴 글렀으나 그래도 죽을 때까지 건강을 유지하려면 적당한 운동을 하라고 권한다. "뇌 운동은 조금 하지요" 하는 내 말에, 그것도 운동이냐는 듯 "규칙적인 운동을 하세요" 하고 권한다. 뇌도 분명 육체의 일부분이고 '생각' 역시 세포의 힘찬 활동임에도 그 운동은 운동으로 간주하지 않는다.

그렇다면 뇌를 포함한 육체란 무엇인가? 수분, 뼈, 내장, 섬유질인 살로 구성되어 있지만, 사실 겉으로 보기엔 고깃덩어리에 불과하다. 뇌의 지시에 따라 이 고깃덩어리가 움직인다. 운동 역시 마찬가지다. 그러나 육체가 뇌의 지시를 따를 수 없을 때나 뇌 운동이 정지하면, 털이 뽑힌 채 칼질로 해체되어 푸줏간에 내걸린 소나 돼지처럼 인간의 육체는 보잘것없는 고깃덩어리에 불과해진다. 일회성 삶이란 고깃덩어리가 되는 짧은 과정에 불과하며, 결과적으로 그 고깃덩어리마저 해체되어 한 줌의 흙이나 재로 돌아간다는 생물학적 진실은 누구도 부정할 수 없다.

영국의 화가 프랜시스 베이컨의 그림을 볼 때면, 뇌 운동을 정지당했거나 뇌가 빠져버린 처참한 고깃덩어리를 보는 느낌이

Francis Bacon, *Reclining Woman*, 1961.

다. 사랑하는 가족이라도 막상 푸르죽죽한 시체가 되어 누웠을 때는 선뜻 접촉이 꺼려지듯, 그의 그림은 감상자의 시선을 외면하게 만든다. 그러나 나 역시 언젠가는 저런 꼴이 되어 세상과 통하는 문이 닫힐 거라는 두려운 불안감에, 다시 한번 그림 쪽으로 고개를 돌리게 된다.

"나는 푸줏간에 갈 때마다 짐승 대신 내가 거기에 걸려 있지 않음을 알고는 늘 놀라곤 하지요." "화가가 보기에 푸줏간에도 고기 색이 가져다주는 진짜 아름다움이 존재하는 법입니다." 끔찍스러운 푸줏간 그림을 두고 베이컨이 한 말로서, 추악함과 잔혹함 속에서도 아름다움을 발견해보려는, 일반인이 보기엔 다소 엉뚱한 쪽으로 뇌 운동을 하는 듯한 화가의 집착에 설핏 당혹스러워진다.

여기, 고깃덩어리가 된 인간이 한쪽 다리를 등받이에 걸친 채 거꾸로 누워 있다. 이 여성도 한 시절에는 아름다운 육체를 뽐냈을 것이다. 그러나 등받이에 걸친 다리는 소의 허벅다리처럼 굵고 한쪽 팔은 몸통 속에 얼버무려졌고, 내던져진 또 다른 팔은 털 깎인 우족이다. 산발한 머리칼에 얼굴 형태도 불분명하다. 과거 군사정권 시절 남영동 고문실에서 발가벗겨진 채 타작매, 물고문, 전기 고문으로 실신하자 아무렇게나 내던져진 운동권 투사가 연상된다. 아니, 그녀는 박종철처럼 이미 죽어 고깃덩어리가 된 상태인지도 모른다.

삼등분된 하단에는 융단인지 핏물인지 베이컨이 즐겨 쓰는 주황색보다 더 짙은 진자주색이 깔려 있고, 회청색으로 칠해진 가운데에는 고깃덩어리가 구겨진 채 매트리스에 거꾸로 던져졌다. 상단은 테두리를 먹선으로 강조한, 거꾸로 선 발을 배경으로 엷은 회청색이다. 칙칙함 속에 쓰레기처럼 내던져진 몸을 베이컨은 아름답게 보았을는지 모르지만, 그 그림을 보는 이는 비정함, 추악함, 공포, 전율을 몸서리치게 체험한다. 그 끔찍한 체험을 통해 모든 생명체의 육체성, 지금은 싱싱한 자신의 몸이 곧 맞게 될 미래의 존재론적 몸의 실체를 우리는 확인한다.

「십자가 아래에 있는 인물에 관한 세 습작」(1944), 「십자가 책형을 위한 세 습작」(1962) 역시 끔찍스러운 잔인함의 극치를 보여준다. 무신론자였던 베이컨은 사람이 죽음을 맞아 뇌 운동이 정지하면 그 육체가 어떻게 변모하는가를, 생물학적 분해 과정을 통해 추악한 상태 그대로의 진실을 전달한다.

제2차 세계대전 말기 나치스의 유대인 수용소 참상, 가스실에서의 대량 학살이 자행되던 시절, 인간의 잔인함에 희생당한 육체를 표현하는 방법을 두고 베이컨만큼 진지하게 고찰한 화가는 드물다. 영아와 유아를 그린 그의 그림에서 태아의 본래 모습을 발견하게 되는데, 이를 통해 육체 이전의 핵으로 환원하려는 그의 생태학적 관심을 읽을 수 있다.

인간의 잔인함에 대한 그림으로 고야의 우화적인 「로스 카프리초스」(1793~1799) 연작 시리즈도 있지만, 그의 그림은 표현의 명확성을 견지했다. 그러나 베이컨은 그의 자화상에서도 보듯 얼굴 형태의 일부분을 감추고, 뭉개고, 비틀고, 시신처럼 푸르죽죽하게, 주황색을 함부로 섞어 괴기스러운 초상으로 둔갑시킨다. 베이컨 자신이 말했듯 큐비즘cubism(입체파)을 처음 시도한 피카소의 전시회를 본 충격의 영향이 아니었다면, 그의 그림이 어떤 형태로 구현되었을까 궁금하다.

삶이 고통스럽고 절망적일 때, 내가 그런 비극에 처하거나 그런 비극적 현상을 목격할 때, 대체로 인간은 가느다란 희망의 끈이라도 붙잡으려 애를 쓴다. 그러나 어떤 인간은 고통과 절망, 그 전율에 자신을 던져 불태워버리고 싶어 하기도 한다. 그럴 때 베이컨의 그림은 오히려 구원이 될 수 있다.

2부

사랑과
열정

무도회 풍경을 묘사한 낙천적인 화가
르누아르의「물랭 드 라 갈레트」

"내게 특별한 재능이 있는 것 같지 않아.""소질은 있는데 환경
이 뒷받침해주지 못해.""나는 과연 이 길에서 성공할 수 있을
까?"사람들은 때로 이런 회의와 절망에 잠길 때가 있다. 일이
제대로 풀리지 않을 때, 자기 자신에 대해 실망할 때, 남이 나를
인정해주지 않을 때, 노력한 만큼 성과가 나타나지 않을 때, 열
심히 노력하던 중에 갑자기 병마가 찾아왔거나 하는 일에 장애
요인이 발생했을 때가 그렇다. 그래서 가던 길을 중도에서 꺾고
포기하곤 한다.

그럴 때는 나보다 열악한 조건 속에서도 꾸준히 노력하여
일가一家를 이룬 사람의 발자취를 따라가보는 게, 내 인생 경영
에 퍽 유익할 때가 있다. 만약 당신이 화가를 지망한다면, 피에
르-오귀스트 르누아르의 전기를 읽거나 그의 그림을 따라가보
라고 권하고 싶다. 르누아르야말로 보통 사람의 조건 속에서 자
기 길로 묵묵히 정진하여 성공한 대표적인 화가이고, 주위의 눈
치에 아랑곳하지 않고 성실하게 노력하여 발전을 거듭함으로써,
당대 화가들 중에서도 그 이름을 우뚝 새긴 화가이기 때문이다.

재봉사의 아들로 태어난 르누아르는 4세에 부모를 따라 파

리로 나왔다. 가난한 양복점 집안의 일곱 남매 중 여섯째로 태어난 그는 13세에 도자기 공장에 도안사 견습공으로 취직했다. 일터와 집이 루브르 박물관과 가까이 있어, 점심시간이면 박물관에 전시된 명화들을 보며 화가의 꿈을 키웠다. 기계로 도자기 그림을 찍어내는 시대를 맞자 실직했으나, 1862년 에콜 데 보자르 야간부에 입학하여 소묘와 해부학을 공부했다. 한편 같은 해 글레이르 문하에서 사사하며 모네, 시슬레, 세잔, 피사로 등 훗날 인상주의 화가들과 사귀게 되었다. 군에 입대하여 제대한 후 1874년 제1회 인상주의 전시회부터 참여하기 시작하여, 분명한 묘사력과 화려한 색조로 단박에 인상주의의 대표적 화가로 부상했다.

대부분의 인상주의 화가들이 "밝게, 더 밝게 그리기"를 외치며(외광外光파) 검은색을 가급적 피했으나, 르누아르는 이를 무시하고 풍경보다 인물에 더 관심을 보였다. 그는 자기 주위에 있는 평범한 중산층이나 하층 계급의 인물을 화면에 끌어들여 그 대상이 누구인지 짐작게 하는 초상화를 많이 그렸다. 특히 귀여운 어린이, 청초한 처녀 들을 묘사하는 데 공을 들였다. 중년에 이르러 살롱전에서 큰 성공을 거두었으나 그는 여전히 가난했다. 그러나 이에 굴하지 않고 열심히 그림 그리기에만 몰두했다.

1883년 무렵, 내 작품에 내재했던 흠이 불거져 나왔다. 나는 인상주의와 더불어 한계에 다다랐고, 나 자신이 데생을 어떻게 하는지도 모르고 있다는 걸 깨달았다.

죽기 직전 그가 고백한 말이다. 한창 원숙기에 이르러 누구에게나 인정받았던 40세가 넘은 나이에, 이런 반성의 고백을 하기란 여간해서는 쉽지 않다. 그러나 부단하게 자신의 그림을 한 단계씩 높여온 진지한 노력가였던 르누아르로서는 당연한 깨달음이 었는지도 모른다. 그는 인상주의에서 벗어나 존경했던 선대의 화가 앵그르풍의 고전주의로 돌아가, 살점 풍성한 아름다운 나부裸婦를 그리기 시작했다. 색조는 훨씬 밝아지고 부드러워졌으며, 빛과 색이 인체(여체)에 부딪혀 만들어낼 수 있는 절정의 경지를 보여주었다.

"내가 그림을 그리지 않고 보낸 날은 단 하루도 없는 것 같다." 르누아르가 말년에 한 말이다. 관절염이 심해져 손과 발을 전혀 쓸 수 없게 되자, 손에 연필을 끈으로 매어 그림을 그렸다는 일화는 유명하다. 말년에 그린 자화상을 보면, 르누아르가 벙거지를 쓴 초라한 늙은이의 모습으로 등장한다. 흰 수염 더부룩한 여윈 모습은 이웃집 할아버지를 보듯 인자한 모습이다. 그는 늘 자신을 내세우지 않고 겸손했으며, 낙천적인 종교인이었고, 대단한 노력가였다. 자기 위에 그 누구도 세우기를 거부했던 자만심 강한 피카소가 만년의 르누아르를 찾아가 존경의 뜻을 표하며 그의 초상화를 그렸을 정도로, 르누아르는 인간적으로나 개성적인 화풍에서나 정상의 자리에서 외롭게 빛났다.

Pierre-Auguste Renoir, *Le Moulin de la Galette*, 1876,
Musée d'Orsay, Paris.

여기에 소개한 「물랭 드 라 갈레트」는 르누아르의 인상주의 시절 대표작으로, 어느 날 저녁 몽마르트르 광장에서 벌어진 무도회 풍경을 그린 그림이다. 모델을 따로 쓰지 않고 주변 인물들을 다각도로 배치하여 그린, 흥겨우면서도 자연스러운 무도회 광경이다. 그림에 등장한 남자 인물들은 모두 르누아르와 친분이 있는 알 만한 얼굴들이고, 여성들은 일용직 노동자(세탁공, 댄서, 모델, 식당 종업원 등)들이다. 아등바등 하루를 살며 춤으로 피로를 풀거나 한잔 술에 취하거나 삶의 고뇌에 대해 누군가를 잡고 의논하는 다양한 사람들의 지극히 일상적인 모습을 스케치했다.

19세기 말과 20세기 초는, 이 그림이 보여주듯 '지극히 인간적인 시대'였다. 오늘의 자본제적 물질문명이 막 선보이기 시작했으나, 거리에는 자동차보다 마차가 더 흔했고 모든 생산품은 아직도 수공업에 의존하고 있었다. 인상주의 미술에 영향을 받은 인상주의 음악(드뷔시, 라벨, 스트라빈스키 등)이 유행을 탔고, 상징주의와 자연주의 문학(말라르메, 아폴리네르, 졸라, 플로베르 등)이 미술과 음악과 서로 영향을 주고받으며 동시에 발전해나갔다. 그 시대야말로 파리가 세계 예술의 중심지였고, 모든 예술가들은 입신양명하기 위해 파리로 모여들었다. '예술의 꽃'이 찬연히 피었던 이 시대를 끝으로 어떤 의미에서 '근대의 정신'은 저물어갔고, 순수예술은 난해한 길로 접어들었다. 인상주의 그림이 폭발적인 인기를 끄는 이유도, 21세기가 인간적인 정에 메말라 너무 삭막하다 보니 '순수한 자연의 모습과 인간적인 사람의 표정'을 희구하는 현대인의 그리움 탓인지도 모른다.

　「물랭 드 라 갈레트」야말로 그 경향을 대표하는 그림이다. 우리나라의 시골 오일장에 가보면 만날 수 있는 정다운 옛 우리네 서민들 표정처럼, 이 그림의 면면에서 한 세기 전 파리 서민들의 희로애락을 엿볼 수 있다.

세상에서 가장 불행한, 어린이의 영혼을 가졌던 현자賢者

루소의 「사육제의 밤」

프랑스 마옌 지방의 라발에서 가난한 함석공의 아들로 태어난 청년이 20세에 클라리넷 연주자로 군에 입대한다. 그는 프로이센–프랑스 전쟁에 참전한 후 제대하여, 25세에 15세의 소녀와 결혼한다. 처가 덕분에 세관원이 된 그는 슬하에 일곱 명의 자식을 두었다. 그러나 다섯 명의 자녀가 일찍 죽고 아내마저 34세에 요절하고 만다. 뒤따라 하나 있던 아들마저 18세에 죽는다. 나이 쉰이 가까워 은퇴한 그는 파리 변두리의 가난한 마을에서 홀아비로 어렵게 살았다. 일주일에 두 번 쯤 요리를 해서 침대 밑에 놓아두고 일주일 내내 먹었다. 그는 이웃 사람들에게 기초 음악을 가르치거나 초상화를 그려주며 근근이 살았다. 아내가 세상을 떠난 지 10년 만에 재혼했으나 후처 역시 4년 후 숨을 거두고 만다. 그러나 그는 바보스러울 정도로 낙천적이었기에 정직하고 착하게 살았다. 순진했던 그로서는 참으로 견디기 힘든 불행의 연속이라 아니할 수 없다.

그가 본격적으로 그림을 그리기 시작한 때는 세관에서 은퇴한 후다. 늦게 그림을 시작한 그를 아무도 진정한 화가로 인정하려 하지 않았다. 그도 그럴 것이 그는 미술 교육을 전혀 받은 바

없고, 어느 유파에도 속하지 않았으며, 유명 화가의 그림을 복사하는 복습도 없이 다짜고짜 유치한 방법으로, 본인의 표현을 빌리자면 "다른 사람이 내 손을 잡고 그리듯" 제멋대로 그렸던 것이다.

그의 그림은 원근법과 조형 원칙을 무시한 채 '현대의 원시인'이라 불린 삼류 화가가 그려대듯, 유별나게 세부 묘사에만 꼼꼼하게 치중하려 노력했다. 이미 늙은이 줄에 들어선 그의 그림은 천박하고 진부했고, 우스꽝스러운 그림으로 취급받아 푼돈을 주고서라도 사가는 사람이 없었다. 마음씨 좋은 그는 이웃 사람들에게 공짜로 그림을 선물하기 일쑤였다(피카소는 그가 첫 아내를 모델로 한 대형 그림을 길거리 고물상에서 단돈 5프랑에 사기도 했다). 그러나 '늙은 어린아이' '아이와 같은 현자'로 취급받았던 이 신진 화가의 기개만은 남달리 대단했다. 그는 자신을 당대 최고 화가라 자부했으니, 왕자병에 걸린 가망 없는 몽상가이기도 했다.

그 주인공이 키 작고 왜소한 앙리 루소란 화가로, '세관원 루소'라고도 불린다. 루소는 죽기 직전에야 피카소와 주변의 화가, 비평가 들로부터 그 독창성을 인정받았으나, 진정한 평가는 사후에 이루어졌다. 오히려 다듬어지지 않음으로써 세련되지 못한 그의 그림을 미래주의자들이 대접하기 시작하여, 1920년대 전후에는 20세기 중요한 화가로 평가되었고 세계 유수의 소장가 대열에 그의 그림이 끼게 되었다. 그제야 수집가들이 눈에 불을 켜고 루소가 말년에 살았던 파리 변두리 동네를 뒤졌는데, 그의 그림이 채소 가게 주인집 헛간이나 수리공 창고에 처박혀 있음을 보고 놀랐다. 그림을 선물 받았던 이웃 사람들조차 고인이 유명한 화가였음을 그제야 알고 더욱 놀랐다.

살아생전 루소는 많은 일화를 남겼다. 대부분 그가 세상 물정을 몰라 너무 순진했기에 빚어진 에피소드이다. 두 가지 재미있는 일화가 있다.

한번은 사기 사건에 말려들어 그가 변호사 사무실을 찾았다. 그는 전화를 걸어 교환원에게 무조건 "라발을 대어달라"고 소리쳤다. 변호사가 저쪽에서도 잘 들리니 조용히 말해도 된다고 일렀다. 그러자 루소는 "당신이야 내 말이 잘 들릴 테지만 내 고향 라발은 너무 멀어 악을 써야 들릴 거"라며, 오히려 변호사가 무식하다는 듯 호통을 쳤다.

또 다른 일화는, 루소가 말년에 한 여자를 짝사랑했다. 그러나 여자의 부모가 가난한 홀아비 화가에게 딸을 줄 수 없다고 거절했다. 상심한 루소는 당시 최고의 화상畵商 볼라르를 찾아가, 짝사랑하는 여자의 부모에게 전달할 증명서 한 장을 만들어달라고 부탁했다. 자기 그림이 차츰 좋아지고 있으며 화가로 성공할 수 있을 거라는 내용의, 일종의 보증서 격이었다. 볼라르는 루소가 짝사랑하는 여자가 미성년자인 줄 알고, 결혼하려는 여자의 나이가 몇 살이냐고 물었다. "이제 겨우 쉰네 살이라네." 루소가 행복한 미소를 머금고 말했다. 그러나 그 구애는 끝내 실패하고 말았다.

여기 소개된 그림은 루소의 초기 작품 중 하나로 1886년 앙데팡당전에 출품된 작품이다. 어두운 밤하늘 한 귀퉁이에 둥근 달이 떠 있고 구름이 천천히 흘러간다. 앙상한 나무들이 빈 가지로 멀거니 서 있는 조용한 겨울밤 풍경으로, 신비로운 느낌이 감도는 고즈넉한 분위기다. 사육제에서 입은 무복舞服과 모자 차림새 그대로 두 남녀가 손을 잡고 걷는다. 남녀는 화려했던 무도회 이야기를 나누며 귀가하는 참이다. 그림에 등장한 여성 모델은 일곱 명의 자녀를 낳은 뒤 젊어 세상을 떠난 그의 첫 부인인지도 모른다. 루소는 여러 그림에서 죽은 아내를 등장시켰고, 살아생전 그녀와 미처 나누지 못한 대화를 그림을 통해 나누었기 때문이다.

감청색과 회청색의 어두운 분위기에도 불구하고, 남자의 흰색 무복과 연인의 정다운 포즈가 밤의 정감을 시적詩的으로 승화시키고 있다. 루소는 본능이 시키는 대로 무의식적으로 그렸을 테지만, 그의 그림의 장점인 신비로움, 상징성, 서정성이 감지된다.

당대의 미술평론가이자 시인인 앙드레 살몽André Salmon은 루소의 인간성과 그림을 두고 이렇게 옹호했다.

우리는 루소의 서투름, 데생의 무지함 때문에 그를 좋아하는 것이 아니다. ……우리가 그를 사랑하는 것은, 한 인간으로서 고통스러운 삶 앞에서도 굴하지 않는 용기와 순수함 때문이다. 예

Henri Rousseau, *A Carnival Evening*, 1886, Philadelphia Museum of Art.

술가로서 위대한 신비를 보는 놀라운 감각과 광대한 구성을 향한 그의 원대한 야심 때문이다……

삶의 희망과 절망을 껴안은 예술혼

고흐의 「씨 뿌리는 사람」

단순하게 해석하자면, 소설은 인간을 묘사한다. 그러므로 인간을 관찰하는 게 소설가의 임무다. 친지나 주변 사람을 소설 속으로 끌어들이고, 역사적 인물에서 소설의 주인공으로 쓸 만한 사람을 선택하기도 한다. 로맹 롤랑은 대하소설 『장 크리스토프』에서 베토벤을 주인공으로 선택했다. 베토벤은 불굴의 인간 의지를 예술로 승화시킨 악성樂聖이다. 베토벤의 인간적 고뇌를 따라가면, 내가 아무리 난관에 봉착하더라도 다시 일어설 수 있는 길을 제시한다. 같은 의미로 문학에서는 러시아가 낳은 문호文豪 도스토옙스키를 꼽는다. 그의 생애 역시 평탄치 않은, 소설에서나 볼 수 있는 극적 삶의 연속이었다.

내가 만약 역사적 인물에서 예술가 한 사람을 소설에 끌어온다면, 단연 빈센트 반 고흐를 그리고 싶다. 네덜란드 출신 화가 고흐 역시 베토벤이나 도스토옙스키 못지않은 굴절 많은 생애를 살았고, 고통스러운 집념 끝에 독창적인 자기 세계를 구축한 후 홀연히 세상을 떠난 화가다. 인간의 장단점을 두루 공유한, 너무나 인간적이었기에 불행했던 위대한 화가로, 그의 짧은 생애야말로 인간 존재의 모든 양태를 집약하고 있다.

칼빈 교회 목사 아들로 태어난 고흐는 어릴 적부터 신앙심이 경건했기에 대를 이어 하나님의 사역을 자임했다. 그는 정직, 겸손, 헌신을 인간의 숭고한 가치로 여겼다. 그래서 어려운 사람들과 함께하며 그리스도의 정신을 심으려 했으나, 자격시험에 실패하자 화가의 길로 나섰다. 그는 농민과 노동자 등 소외 계층의 핍진한 삶의 모습을 애정을 기울여 그렸다. 1886년 파리로 진출한 후부터 고흐는 표현주의식 자기 화풍을 확립하고, 창조자로서 예술가의 열정과 고뇌를 작품을 통해 보여주기 시작했다. 그로부터 죽기까지 5년간, 그는 미친 듯 그림을 그려 대표작 대부분을 이 시기에 남겼으나, 평생 자기 작품의 가치를 인정받지 못함으로써 궁핍에 쪼들리는 불행을 체험해야 했다. 고독, 불안, 울증, 광기를 극복하지 못한 끝에 자기 귀를 자르고, 정신병원에서 요양하던 중 발작을 일으켜 37세에 권총 자살로 비극적인 생을 마감했다.

「씨 뿌리는 사람」은 고흐가 자살하기 2년 전, 1888년 11월에 완성된 그림이다. 그때가 고흐에게는 생애의 가장 중요한 한 해에 해당된다. 고흐는 그해 2월 우중충한 파리의 겨울을 견뎌내지 못했다. 그림도 그려지지 않는 무기력한 상태에서 벗어나 새로운 정착지를 찾고자, 열여섯 시간의 기차 여행 끝에 도착한 곳이 프랑스 남부의 프로방스 지방 아를이었다. 겨울 끝머리 아를은 아직 눈발이 날리고 있었다. 겨울이 가고 봄이 오자, 아를은 신부가 탄생하듯 신천지로 변했다. 태양은 따뜻하고 들판은 갖

가지 꽃으로 뒤덮였다. 밝은 하늘에는 종달새가 노래하고 들녘은 쟁기질하는 농부들의 손길로 바빴다. 여름에는 작열하는 태양 아래 황금색 보리밭과 해바라기밭, 푸른 포도밭이 아를 들판에 넓게 펼쳐졌다.

고흐는 프로방스 지방의 기후에 매료당했다. 아를에서 맞은 1888년 그해, 그는 자기 생의 대표작을 많이 그렸다. 「아를의 도개교跳開橋」「아를의 밤의 카페」「해바라기」, 여러 장의 「자화상」과 주변 인물 등 걸작을 탄생시킨 해이기도 하다. 화가로서의 그의 천재성이 불꽃같이 타오른 한 해였다.

고흐는 남프랑스 아를의 아름다운 자연을 자신만 누릴 수 없었다. 파리 근교 예술인촌 바르비종처럼 아를에 새로운 예술촌을 건설할 목적으로, 파리에서 가깝게 지낸 화가 고갱과 베르나르에게 아를로 오라고 편지를 보냈다. 10월에 고갱만 아를로 내려왔다. 둘은 두 달 동안 함께 생활했으나, 성격이 맞지 않을 뿐더러 서로가 서로의 화풍을 좋아하지 않았다. 고갱은 고흐보다 다섯 살 연상으로 늘 고압적인 자세를 취했고, 네덜란드 촌놈 고흐를 깔보며 그의 그림을 두고 빈정거리기를 잘했다. 모델료조차 지불할 돈이 없어 무료로 모델이 되어준 우체부, 하숙집 안주인, 카페 여인 들의 초상화를 그려야 했던 가난과 생활고, 고갱의 영향에서 벗어나려는 질투심과 분노, 아무도 알아주지 않는 자기 그림에 대한 연민과 좌절로 정신착란 증세를 일으킨 고흐가 면도칼로 자신의 한쪽 귀를 자른 때가 12월 23일 밤이었다.

「씨 뿌리는 사람」은 그 한 달 전 11월에 그린 그림이다. 우리 나라도 그렇지만, 11월에 접어들면 프로방스 지방도 늦가을이다. 수확이 끝난 들녘은 황량하기 그지없다. 1999년 내가 고흐가 남긴 흔적과 체취를 찾아 아를을 방문한 때가 10월 하순이었는데, 흐린 하늘에 눈이라도 올 듯 새초롬한 날씨라 추위에 떨었던 기억이 지금도 새롭다. 그러므로 「씨 뿌리는 사람」은 프로방스 지방의 11월 풍경이 아니다. 그림에는 태양이 대지 저편에서 힘차게 솟아오르고 황금색으로 익은 보리밭이 펼쳐져 있다. 보리가 익는 계절은 6월이다. 보리가 베어져 거두어진 땅에 농부가 가을에 수확할 여름작물의 씨앗을 뿌리고 있다. 그러므로 이 그림은 첫여름에 스케치해두었던 밑그림을 보아가며, 실내에서 완성했다.

그해 11월은 고흐의 심리가 극도로 예민해져 있던 시기였다. 가을까지 그의 창작열이 활화산처럼 타올라 교외로 나가 야외 풍경을 하루에 한 장 이상 그려냈던 열정이, 가을 끝자락에 이르자 소진되어 숨을 고르던 때였다. 야외 활동을 중단하고 방 안에서 「룰랭 부인의 초상」을 그리다가, 문득 생각난 듯 스케치해둔 노트를 보며 「씨 뿌리는 사람」을 그렸다. 당시 심리 상태를 말해주듯 이 그림은 그의 다른 그림보다 유난히 거칠다. 비둘기 날개나 낙엽을 처리하듯 고흐풍의 독창적인 붓질을 인정하더라도, 여름에 그린 아를의 교외 풍경은 정감 넘치게 밝고 정치한데, 이 그림의 붓질은 술 취한 듯 색을 아무렇게나 처바른 느낌이다. 특히 수확이 끝나 검불만 재인 화면 앞쪽 처리가 더하다. 누런 갈

Vincent van Gogh, *The Sower*, 1888, Kröller-Müller Museum, Otterlo.

잎이나 황토가 아닌, 실재하지 않는 무거운 푸른색까지 입혔다. 안정을 찾지 못한 심리적 불안 탓이다.

그럼에도 불구하고 고흐는 땅에 씨앗을 뿌리는 사람, 생명의 탄생에 헌신하는 소박하고 근면한 사람을 그리고 싶은 충동이 마음 귀퉁이에서 솟아오름을 억제하지 못했다. 내심에 흐르는 그의 그리스도로 향한 정신은 늘 빛과 함께 있었기 때문이다.

퇴폐적인, 황홀한 관능미
클림트의 「키스」

구스타프 클림트의 그림이 확연하게 내 그림 목록에 박히게 된 때는 1981년, 나로서는 첫 해외 나들이로 빈에 갔을 때다. 그림엽서를 사러 들른 기념품 가게에 클림트의 그림이 엽서화로, 각종 기념품의 디자인으로 사용되고 있음을 보고, 빈의 관광 상품으로서도 그의 인기가 자못 높음을 짐작할 수 있었다. 체코 프라하가 그곳 출신 카프카와 스메타나를 관광 상품으로 활용하듯이.

나는 기념품 가게에서 클림트의 그림엽서 몇 장을 샀는데, 그중 「키스」가 포함되었고 그 그림이 가장 자극적으로 시선을 끌었다.

「키스」에서 보여주는 장식적인 화려한 색채감과 남녀의 에로틱한 키스는 클림트 전에 그런 유의 그림이 없었고 후에도 유사한 그림을 찾아보기 힘들 만큼, 보는 이로 하여금 신비하고 오묘한 관능적 충동을 불러일으킨다. 은성했던 페르시아 제국 시절, 궁중 밀실에서 촛불을 은은하게 밝혀놓고 미약媚藥에 취한 채 무희의 벨리댄스를 구경하는 기분이 한 장의 그림엽서 속에서 단내를 풍기며 숨 쉬고 있었다.

「키스」는 커피색 하늘에 금빛 보석이 뿌려지고 풀밭에는 온

갖 꽃이 만발한 가운데, 한 쌍의 연인이 포옹한 채 입술을 맞대기 직전의 감미로운 순간이다. 남성의 성적 매력은 수염과 넓은 어깨에서 발산된다던가? 그래서 남자는 어깻짓으로 춤을 추고, 그에 맞추어 여자는 가는 허리와 큰 둔부를 과장하여 흔든다. 여자의 옴츠린 어깨와 얼굴을 두 손으로 다소곳하게 감싼 그림 속 남자의 옆모습은, 에티오피아의 용병인 듯 완강한 넓은 어깨에 근육질의 구리색 피부요 곱슬머리다. 눈을 살포시 감고 남자에게 교태를 부리듯 넓은 망토 안에 몸을 반쯤 숨긴 여자야말로 여성성의 아름다움을 한껏 뽐내는 요염한 자태다. 매달리듯 팔을 남자 어깨 뒤로 돌리고 무릎을 꿇은 여자의 맨발이 풀밭 끝 벼랑에 떨어질 듯 닿아 있다. 남자에게 매달리지 않거나 남자가 포옹을 풀어버리면 벼랑 아래로 떨어질 듯 위태로워 보인다. 숨 막히는 사랑의 절정, 풀밭의 절정에서 관능만이 몸과 몸이 맺어지는 한순간이다.

「키스」의 핵심은 남녀의 밀착된 포옹과 키스 자체에 있지만, 전체적인 화면에서 보이는 금빛을 주조로 하여, 각양각색의 색채를 맞추어 만든 조각보를 보듯 화려한 색채감이 우선 압도한다. 입체감을 배제한 평면적인 장식성에서 일본 우키요에(浮世繪)의 영향이 강하게 엿보인다. 남자의 왼쪽 망토는 직사각형의 문양 사이사이 물결무늬가 따로 섞여 있다. 몸에 꼭 끼는 여자 옷엔 겹을 이룬 동그라미와 별을 그려 넣었는데, 오른쪽의 망토에 밝은 물방울무늬를 그려 넣고, 담쟁이덩굴 같은 수실을 여자의 무

Gustav Klimt, *The Kiss*, 1907~1908, Österreichische Galerie Belvedere, Vienna.

를 꿇은 다리 아래로 드리웠다. 풀밭의 꽃도 문양의 일부임은 물론이다. 남녀의 머리에까지 히피들처럼 별을 장식했으니, 그 어느 유파와도 타협하지 않은 그의 형식미가 이쯤에 이르면 한계에 다다른 듯 느껴지기도 한다. 그러나 이는 일체의 타협을 거부한 고집으로 그만이 사용한 색채 효과이기에 독창성 또한 한눈에 들어온다.

클림트는 자신의 그런 신념과 고집으로 성서나 신화, 역사적 인물에서 차용해온 여성을 모델로 쓸 때도 관능적인 요부로 표현했으니, 여성의 육체성을 끌어내는 데 탁월한 그의 개성이 약여躍如하다.

클림트는 신경성 환자였던 어머니와 우울증 증세가 있던 누님을 사랑하여, 평생을 그 혈육과 함께 살며 56세에 뇌졸중으로 쓰러진 후 숨을 거둘 때까지 독신을 지켰다. 외견상으로는 근엄한 독신주의자였으나, 그의 그림의 모델이 된 수많은 빈 상류층 부인과 미모의 여성에게 둘러싸여 '빈의 카사노바'란 별칭에 걸맞게 화려한 염문을 뿌렸으며, 부와 영예를 함께 누렸다. 그러나 그가 진정 사랑했던 여성은 오직 한 명, 열두 살 연하의 에밀리 플뢰게Emilie Flöge였다. 에밀리는 그녀 나이 17세에 클림트를 만났고 그가 죽을 때까지 정신적인 반려자가 되어주었다. 「키스」의 모델도 에밀리로 추측된다. 클림트는 에밀리에게 400여 통의 편지를 보냈으며, 둘은 몸으로 닿는 사랑을 넘어 정신적 의지처로서 평생을 함께한 듯하다. 클림트가 뇌졸중으로 쓰러져 고통스럽게 처음 뱉은 말이, "에밀리를 불러오라"는 한마디였다. 그렇게 보자면 클림트는 「키스」를 그리며 독신자의 특권인 비밀스러운 사랑놀이의 희열을 만끽했으리라 여겨진다.

「키스」에서도 보여주듯, 클림트는 겹겹의 옷 속에 은밀하게 감추어져 있던 여성의 관능을 대담하게 밖으로 끌어내 남성의 지배 아래 놓였던 여성의 상대적 평등과 화해를 시도했다. 그러므로 클림트는 그의 사후, 여성의 활발한 사회 진출과 함께 성 담론을 본격적으로 매스컴에 올리는 데 크게 공헌했다. 페미니즘 시대가 곧 도래할 것임을 그는 이미 예견하고 있었을까.

슬픔에 잠긴 어머니 모습

로트레크의 「아델 백작부인의 초상」

1981년 파리에 들렀을 때, 외국 관광객들의 순례 코스인 물랭루주Moulin Rouge에서 캉캉 춤을 관람했다. 캉캉 춤의 기억이 시들한 점으로 보아 별 재미가 없었던 모양인데, 춤추는 무희들을 보며 불행한 장애인 화가 앙리 드 툴루즈-로트레크의 그림을 떠올렸던 기억만은 선명하다.

식탁에 찻잔을 앞에 두고 앉아 있는 어머니를 모델로 한 「아델 백작부인의 초상」은 로트레크가 19세에 그린 초기 대표작 중 하나다. 삶의 고뇌로 낙담에 찬, 그러나 그 슬픔을 내면으로 삭이며 지그시 생각에 잠긴 기품 있는 중년 여인의 모습이 절절하게 다가오는 그림이다.

그림이란 일절 선입관 없이 그림 자체로만 감상해야 한다는 원칙론에도 불구하고, 감상자들은 그 그림에 뒤따르는 에피소드와 그림 속에 담긴 이야기에 귀 기울여 작품을 해석하려 한다. 소설 쓰기가 생업인 나 역시 한 장의 그림을 볼 때, 그 속에 담긴 이야기를 따라가며 화가의 당시 삶을 엿보려는 습성이 있다.

로트레크는 프랑스 프로방스 지방 알비의 귀족 가문에서 태어났으나, 어릴 때 두 번의 가벼운 추락 사고로 왼쪽과 오른쪽

대퇴골이 차례로 골절, 다리뼈가 성장을 멈춰 장애인이 되었다. 그가 이 그림을 그릴 무렵 어머니는 아버지와 별거 중이었고, 그의 동생 또한 죽은 지 얼마 되지 않은 시기였다. 가문의 전통에 따라 사촌 간에 결혼한 그의 부모는 전통 있는 부유한 집안 출신이었지만, 성격이 맞지 않아 부부 관계가 원만하지 못했다. 게다가 한 자식은 다리가 불편한 장애인이고, 그 아래 어린 자식마저 여읜 어머니의 슬픔은 어떠했을까. 자식을 잃은 슬픔이야 말할 것도 없고, 제 속에서 나온 자식이 평생 불구로 살아야 할 운명이라면 그 부모가 짊어져야 할 고통은 짐작하기 힘들다.

그러기에 아델 부인과 로트레크의 모자 관계는 남다른 혈연의 운명으로 맺어졌고, 그 사랑은 로트레크가 알코올중독에 따른 정신병으로 37세의 젊은 나이에 세상을 떠날 때까지 이어졌다. 어머니는 감수성이 예민하고 다정다감해 물가에 내놓은 아이같이 늘 위태로워 보이는 애처로운 아들 곁을 떠나지 못했고, 어쩌다 떨어져 살 때도 모자는 편지 속에 어머니와 자식 간의 사랑을 쏟아부었다.

사랑하는 나의 어머니,
팔이 부러지기라도 하셨습니까? 아니면 어머니에게 이 아들이 있다는 걸 잊으셨습니까? 무슨 일이 있는지 간단히라도 전해주세요. 여기에서는 모든 일이 잘되어갑니다. 저는 열심히 공부하고 있습니다.

Henri de Toulouse-Lautrec, *Portrait of Comtesse Adele-Zoe de Toulouse-Lautrec,*
The Artist Mother, 1883, Musée Toulouse-Lautrec, Albi-Tarn.

열여덟 살의 로트레크가 어머니와 떨어져 사는 데 쉽게 적응하지 못해 보낸 어리광 부리는 편지다. 그는 평생 동안 화가로서의 열정과 고뇌, 신체적 열등감, 경제적 어려움을 어머니에게 끊임없이 하소연했고, 어머니는 아들의 너그러운 후견인으로서 혼자 슬퍼하고 고뇌하고, 한편으로 어린아이처럼 착하고 심약한 아들의 용기를 북돋아주며 격려했다. 더 강인한 쪽을 살아남게 한다는 신의 섭리대로, 심약한 예술가 로트레크는 어머니 품에서 숨을 거두는 마지막 행복을 누릴 수 있었다.

「아델 백작부인의 초상」을 보라. 로트레크는 18세에 이미 어머니의 내면을 정확하게 꿰뚫었다. '슬픔을 이기는 인내'라고 말하면 어울릴 법한 아델 백작부인의 기품 있는 모습을 통해, 나는 한국전쟁 후 적수공권으로 자식 넷을 홀몸으로 키우고 가르치다 스물다섯 살 막냇자식을 당신 앞서 보낸 또 다른 내 어머니의 모습을 본다. 강인했던 내 어머니는 자식의 죽음 앞에서 애써 눈물을 보이지 않았고, 뒷날에도 그 자식의 이름을 입에 올리지 않았다.

로트레크는 18세가 될 때까지 보나와 코르몽의 개인 화실에서 모사와 습작 정도를 익혔으나, 이 그림에서 보듯 그의 비범한 재능은 이미 한 시대 회화의 주류를 관통하고 있다. 마네와 모리소의 기법에 따라 활기찬 밝은색이 화면을 압도하는데, 담고 있는 내용은 당시 유행하던 자연 풍경이 아닌 인물이다. 몽마르트르 카페의 무희, 창녀, 술꾼 친구, 곡예사는 물론 당대 최상층부터 최하층에 이르기까지 그는 삶의 순간적인 표정과 동작을 스케치풍으로 묘사했는데, 풍경은 다만 배경으로만 필요할 뿐이라는 그의 일관된 주장이 어머니의 초상에서도 그 싹을 보이고 있다.

로트레크는 공원에서 놀고 있는 소년처럼 인생에서 완전한 자유를 누렸다. 나는 이 작은 사나이야말로 운명의 주인이며 자신의 신념에 따라 산 사람이라고 확신한다.

모리스 주아양Maurice Joyant이 한 장애인 예술가에게 바친 헌사다. 그는 로트레크의 절친한 친구로, 로트레크가 죽은 뒤 헌신적인 노력 끝에 친구의 고향 알비에 '툴루즈-로트레크 미술관'을 세웠다.

서리 철의 들국화, 비극의 주인공

모딜리아니의 「소녀의 초상(잔 에뷔테른)」

중학교 3학년 시절, 공부에는 별 취미가 없던 나는 틈만 나면 공책에 낙서 삼아 연필화를 그렸다. 1955년 24세에 교통사고로 죽어 그 추모의 열기가 한국에까지 뜨겁던 영화배우 제임스 딘을 흠모한 나머지 그의 초상화를 그려 방 벽에 붙여놓으면, 어머니께 바느질 일감을 맡기러 온 앳된 아가씨(전쟁의 상처를 누구보다 가혹하게 입은 요정 출근 아가씨)들로부터 배우와 똑같이 그렸다는 호들갑스러운 칭찬을 받기도 했다.

그 무렵 내가 석간으로 배달하던 신문에 '몽마르트르의 화가' 아메데오 모딜리아니의 생애를 소개한 기사와, 그의 여자를 주인공으로 그린 「소녀의 초상(잔 에뷔테른)」이 함께 실렸다. 가난과 술에 찌든 채 결핵에 의한 뇌막염으로 36세에 자선병원에서 생을 마감한 모딜리아니를 뒤따라 그의 아내 에뷔테른이 초라한 아파트 지붕 밑 방에서 투신자살했다는 내용으로, 그 슬픈 사연이 사춘기의 누선을 자극해 나는 눈물을 찔끔거리기까지 했다. 신문에 실린 동판 그림이 희미했음에도 나는 얼굴과 목이 긴 비극의 동반자 에뷔테른의 초상을 며칠에 걸쳐, 그 모습과 꼭 닮게 그릴 때까지 여러 장을 모사하며, 삶은 물론 죽음까지 함께할 수 있는 그런 여자와 죽도록 사랑을 나눈 모딜리아니를 부러워했다.

모딜리아니의 그림과 조각을 도판으로 본 때는 고등학교 3학년 무렵이다. 나는 그가 그린 나부상裸婦像을 보자마자, 주위에 아무도 없었음에도 '황홀한 부끄러움'으로 화면을 덮어버렸다. 긴 얼굴과 긴 코의 고혹적인 모습, 풍만한 가슴, 긴 허리, 치모까지 묘사된 몸의 관능적 눈부심에 황홀해진 것이 아니다. 나는 그 순간 중학교 때 내가 모사했던 에뷔테른의 슬픈 육체를 떠올렸고, 미지의 여인의 비밀스럽고 순결한 그 무엇을 엿보았다는 당혹감이 일었기 때문이다.

모딜리아니는 에뷔테른의 초상을 여럿 그렸지만, 내가 중학교 때 신문에서 본 그녀의 모습이 가장 인상적이다. 긴 갈색 머리채를 어깨까지 내리고 정면을 쏘아보는 날카로운 눈매, 밀어버리고 싶은 듯 가늘고 긴 초승달 모양의 눈썹, 아주 긴 콧날, 꼭 다문 작은 입술, 학처럼 긴 목이 전형적인 모딜리아니 스타일의 여인상이다. 얼굴 형태의 비례가 실제와 전혀 맞지 않는데도 오히려 조화롭고 조금도 어색함이 없는 이 여인의 초상화를 보며, 나는 처음으로 예술에서의 과장과 강조의 비법을 이해했고 자기만의 눈으로 대상을 보아야 한다는 비밀을 터득했다.

꽃으로 비유하자면 그림 속의 에뷔테른은 주위에서 흔하게 볼 수 있는 장미나 모란, 칸나와 같은 예쁘고 사랑스러운 모습이 아니라, 사람들 눈에 잘 띄지 않은 채 찬 서리를 맞아야 호젓

Amedeo Modigliani, *Jeanne Hébuterne*, 1919.

이 피는 깊은 산속의 외로운 들국화 같다. 청교도적 싸늘함을 풍기는 그 모습을 오래 들여다보면, 서릿발 같은 차가움 속에 감추어진 한 여인의 우수와 비애, 나아가 서늘한 관능까지 엿보인다. 사랑을 헤프게 할 수 없고 단 한 사람을 목숨 바쳐 사랑하되 그 사람은 세속과 타협할 줄 모르는 불행하고 고고한 예술가여야 한다는, 자신이 가야 할 그 길을 이미 운명적으로 타고난 여성의 모습이다.

이탈리아 북부 리보르노에서 명문 유대계 가문의 네 자녀 중 막내로 태어난 모딜리아니가 몽마르트르에 정착해 그림을 그리기 시작한 것은 1906년부터이다. 초기에는 풍경화도 몇 점 그렸으나 그의 본령인 초상화와 나체화를 그리기 시작한 때는 파리 시절부터였고, 1920년에 사망할 때까지 그의 작품 활동은 고작 16년에 불과하다. 죽기 3년 전 베르트 베이유 화랑에서 개인전을 열기도 했으나, 생전에 큰 주목을 받지 못하고 늘 가난에 시달렸다. 미남 에트랑제이면서 자폐적 성격의 그에게 유일한 벗은 오직 술이었고, 그는 쉽게 알코올중독에 빠져버렸다.

파리에 처음 갔을 때, 나는 유학 후 그곳에 주저앉아 파리의 에트랑제가 된 심 형에게 몽마르트르의 모딜리아니가 살았던 집까지 안내를 부탁했다. 둘은 그 집을 찾았고, 그 거리 목로에서 맥주를 마셨다. 취기가 돌고 낡은 건너편 건물이 흐린 시야에 들어온 순간, 나는 들국화 한 송이가 낙하하듯 투신자살한 에뷔테른의 환영을 보았다.

추락할 수 없는 격정적 사랑

코코슈카의 「폭풍우」

제1차 세계대전에 참전하여 머리에 총상을 입고 총검에 폐까지 찔렸던 노병老兵이 94세로 생을 마감하다.

이 짧은 전문만으로도 파란만장했을 전상자戰傷者의 생애를 신문 가십거리로 다룰 수 있다. 20세기 미술을 말할 때 빼놓을 수 없는 화가가 오스트리아 푀힐라른 출신의 제1차 세계대전 참전 용사 오스카어 코코슈카이다. 그는 1980년에 94세의 나이로 사망했다.

강렬한 표현주의 화풍의 「폭풍우」는 코코슈카 나이 28세, 혈기 방장한 시절에 그린 그림이다. 폭풍우 몰아치는 밤, 휘날리는 천에 감긴 채 하늘에 떠서 다소곳이 포옹하는 남녀가 이채롭다. 그림 속의 남자는 코코슈카 자신이고, 여자는 쇤베르크와 함께 현대음악의 혁신을 가져온 작곡가 구스타프 말러의 미망인인 알마 말러Alma Mahler다.

23세의 아름다운 음악도 알마는 구스타프 말러를 만난 지 4개월 만에 그의 고뇌에 찬 예술혼에 빨려들어 결혼함으로써 자신의 음악적 재능을 묻었다. 그때 말러의 나이는 42세였다. 예

Oskar Kokoschka, *The Tempest/Bride of the Wind*, 1913~1914,
Kunstmuseum Basel, Basel.

술가들의 일반적인 성향이 그렇듯, 자기중심적이요 가부장적이었던 말러는 미모의 젊은 아내를 두자 아내를 집 안에 가두다시피 하여 자기 옆에만 있게 했다. 집을 비우는 동안, 누구도 집 안에 발을 들여놓지 못하게 할 정도로 의처증이 심했다. "구스타프, 왜 이런 사슬로 당신에게 나를 묶어놓았어요!" 하고 탄식하던 알마의 원망을 하늘이 들어주었는지, 말러는 한창 일할 나이인 51세(1911)에 사망했다. 알마 말러는 남편의 사슬에서 풀려났고 빼어난 아름다움과 교양미로 곧 빈 사교계의 총아가 되었다. 그 사랑을 얻으려는 재력가, 지식인, 예술가 들이 꽃다발을 들고 그녀의 뒤에 차례를 기다리며 줄을 섰다.

촉망받는 젊은 화가로서 이미 이름을 얻고 있던 코코슈카가 알마 말러를 만난 것은 그녀가 미망인이 된 이듬해 4월이었다.

나는 알마를 보는 순간 첫눈에 완전히 그녀에게 빠져버렸다. 그 날 저녁 이후 우리는 떨어지려야 떨어질 수 없는 사이가 되었다……

코코슈카는 알마보다 일곱 살 연하였으나 사랑에는 나이가 아무런 장애가 되지 않았고, 둘은 곧 격정적인 사랑에 빠졌다. 코코슈카는 알마를 처음 만난 다음 날 첫 편지를 보냈다. 문필력에도 남다른 재능이 있던 그는, 이후 2년 6개월에 걸쳐 400통이 넘는 사랑의 편지를 그녀에게 쏟아붓듯 띄웠다. 그러나 알마는 독점

욕과 질투심 강한 코코슈카를 통해 죽은 남편의 그림자를 보았기에 그의 구혼만은 냉정하게 사양했다.

알마를 만난 이듬해에 그린 「폭풍우」에서 코코슈카는 그녀와의 사랑의 감정을 격정적으로 표현하고 있다. "이 지상에서 맺어질 수 없는 사랑이라면 비바람 치는 밤하늘을 떠돌더라도 우리는 영원히 함께 있어야 한다"라는 코코슈카의 정열이 그대로 담겨 있다. "이 뜨거운 남자를 하루 만에 내가 사랑하게 될 줄이야" 하며 사랑의 열병에 들뜬 알마가 남자 어깨에 다소곳이 기댄 채 눈을 감았고, 알마의 한 손을 모아 잡은 코코슈카는 그 어떤 자연의 위협도 우리 둘의 사랑을 끊을 수 없다는 듯 눈 부릅뜨고 입 굳게 다문 의지의 화신으로 그려져 있다.

알마 말러를 만난 지 2년 뒤 1914년 제1차 세계대전이 발발하자 코코슈카는 군에 입대하고, 이로써 두 사람의 사랑은 끝났다. 그가 전선에 있는 동안 알마는 건축가 발터 그로피우스Walter Gropius의 끈질긴 구혼에 못 이겨 그와 결혼했다.

1937년 자신이 그린 417점의 그림이 히틀러 정권에 의해 '퇴폐예술'로 낙인찍혀 압수당하자, 이듬해 코코슈카는 영국으로 망명했다. 전쟁이 끝난 뒤 그는 영국 시민권을 획득했고 빈 명예시민, 다시 오스트리아 시민으로 환원되었다. 영국 옥스퍼드 대학과 오스트리아 잘츠부르크 대학의 명예박사 학위를 받고, 여러 나라에서 열린 순회전과 국제전에서도 큰 성공을 거두었다. 그는 세계적인 화가로 그 이름이 알려진 뒤에도 젊은 날의 알마를 잊지 못했다.

세월은 시간을 갉아먹으면서 사람 또한 늙게 한다. 뭇 남자의 가슴을 들뜨게 하며 빈 사교계를 주름잡았던 미모의 알마도 늙었다. 알마의 70번째 생일 때, 코코슈카는 그녀에게 보낸 편지 서두에 이렇게 썼다.

사랑하는 나의 알마! 당신은 아직도 나의 길들지 않은 야생동물이오. 당신의 생일을 준비하는 친구들에게 덧없는 달력의 시간에 당신을 묶어놓지 말라고 하오……

알마는 85세에 죽었고, 연하의 코코슈카는 알마보다 16년을 더 살았다.

주색으로 지낸 호방한 천재 화가

장승업의 「호취도」

'예술가는 태어나는가, 만들어지는가'란 케케묵은 질문에는 사람마다 의견이 다를 수 있다. 특출한 재능을 가지고 태어나 거기에 근면성까지 갖췄다면 금상첨화겠으나 그런 요행이 흔치는 않다. 타고난 재능이 뛰어난 자는 대체로 교만하고 게으르며, 재능은 평범하지만 밤잠을 아껴가며 노력으로 성취하려는 자는 황소처럼 우직하고 개성미가 없다.

천재 또는 신동이라고 말할 때는 대체로 근면성보다 타고난 재능이 승한 경우다. "99퍼센트의 노력이 성공을 결정한다"라는 에디슨의 말을 뒤집는다면, 분명 99퍼센트 타고난 천재도 있다. 조선조 말기의 화가 오원吾園 장승업은 분명 천재라는 칭호가 걸맞은 화가다. 필 잡는 법조차 배운 바 없는 그가 조선조 말기 하루아침에 당대 최고의 화가로 올라섰으니, 동서양을 막론하고 그 예를 찾기가 쉽지 않다.

장승업은 일찍 부모를 여의고 몹시 가난하여 의탁할 곳이 없다가, 한양 수표교 부근에 살고 있던 이응헌의 집에 기식했다. 거기서 나와 한성 판윤을 지낸 변원규 집에 불목하니로 몸을 의탁하기도 했다. 변원규의 집 서고에는 중국의 원·명 이래 명적名蹟

이 많았는데, 그는 그 그림들을 보더니 단번에 꼭 닮은 그림으로 모사해내는 놀라운 재주를 보였다. 그가 홀연히 붓을 들어 화선지에 쓱쓱 그려내는 그림은 마치 신기가 통한 듯했다. 어느 문하에서도 그림을 익힌 바 없음에도 그의 화재畫才는 금방 장안에 퍼졌고, 그의 그림을 얻고 싶어 하는 사대부들이 줄을 이어 문전성시를 이뤘다.

천재는 대체로 그러하던가. 장승업은 격식을 싫어하며 방만하고 호방했고 술과 여자를 좋아했다. 장안의 부호가 그를 자기 집으로 청빙해 그림을 부탁하면, 술과 여자를 방에 디밀어야 여자를 옆에 두고 취흥에 붓을 들었다. 그는 산수·인물·영모翎毛·기명절지器皿折枝·사군자 등 능통하지 않은 그림이 없었다.

마흔 살 전후 장승업의 이름이 하늘에 닿게 드높아지자 왕실에서 그를 초빙해 도화서圖畫署 화원으로 임명했다. 고종이 그에게 열 폭짜리 어병御屛(임금이 쓰는 병풍)을 그리라고 명을 내리고 찬감饌監을 불러 일렀다.

"듣자 하니 오원은 말술을 마다하지 않는다 하니 병풍 그림을 완성할 동안 하루에 서너 잔씩만, 그것도 나누어서 주도록 하여라."

하루 종일 방에 갇혀 간에 기별도 없는 술을 짤끔짤끔 마시며 그림을 그리자니, 장승업으로서는 환장할 노릇이었다. 한 달을 못 채워 그는 채색彩色을 사야 한다는 핑계를 둘러대고 창덕궁을 빠져나와 저잣거리 술집부터 달려갔다. 몇 차례 그렇게 궁

장승업, 「호취도(豪鷲圖)」, 조선 말기, 삼성미술관 리움.

을 빠져나가다 못해 나졸이 벗어놓은 관복을 입고 궁을 나가다 포졸에게 잡혀 고종의 진노를 사기도 했다.

나뭇가지 아래위에 앉은 두 마리의 매를 그린 「호취도」는 장승업의 호쾌한 필법이 그대로 드러난 명품이다. 몰골법沒骨法(대상을 선이 아닌 음영이나 농담으로 나타내는 기법)으로 단숨에 붓을 움직여 그려낸 고목의 뒤틀린 나뭇가지야말로 노력에서 터득한 기법이 아닌, 바로 천재의 솜씨다. 그러므로 이 묵법墨法은 화생이 흉내를 내어본들 발끝에 놀게 마련이며, 오랜 노력 끝에도 모사는 금방 드러난다. 먹잇감을 노려보며 곧 직선으로 하강할 듯 몸을 한껏 도사린 위쪽 매의 날렵한 동작과 태연히 앉아 목을 꺾고 대상을 쏘아보는 아래쪽 매의 당당한 자세가 대비를 이루는데, 그 강렬한 필법과 묵법이 격식과 아취에 구애되지 않는 대담성과 소탈한 파격을 드러낸다.

장승업은 오직 그림 재주 하나로 벼슬이 감찰(사헌부 정6품)에까지 올랐으나, 주색에 빠져 지내느라 나이 미흔 살에야 결혼을 했다. 그러나 그는 초야를 치르고 여자를 돌려보낸 뒤 일생을 독신으로 살다가, 천재란 단명한다는 단정을 비웃듯 당시 평균수명을 너끈히 채우고 54세에 타계했다.

후대는 오원 장승업을 두고 안견, 김홍도와 함께 조선조 3대 화가라 칭송하지만, 저승에서도 그는 "내가 조선조 3대가 중 하나라구? 그 칭호가 뭐 그리 대수롭냐. 어서 술과 여자를 내오게. 취흥이 올라야 필을 들 수 있지 않겠나" 하고 주접을 떨 터이다.

이상異狀한 천재 문학가 이상李箱

구본웅의 「친구의 초상」

1972년 7월, 국립현대미술관의 '한국 근대미술 60년전'에 1953년에 타계한 구본웅의 유화 아홉 점이 전시되었다. 미술평론가 이구열 씨의 말에 따르면, 전람회가 끝난 뒤 구본웅의 장남 구항모 씨를 만난 김에 전시된 그림 중에 「친구의 초상」의 모델이 누구냐고 물었다 한다. 그러자 항모 씨가 뜻밖에도, 한국 현대문학사의 기린아 이상(본명 김해경, 1910~1937)이라고 말했다.

월간 문학잡지 『문학사상』은 창간호인 1972년 10월호 표지화로 그 초상화를 싣고, '40년 만에 처음 밝혀진 구본웅 작 이상의 초상화'란 타이틀을 내세웠다. 미술평론가들에 의해 한국 회화사의 초상화 부문 10대 걸작 중 하나로도 선정된 바 있는 이 한 폭의 괴짜스러운 얼굴이야말로, 당대의 '이상한 문학'과 '이상한 미술'이 만나 탄생된, 기념할 만한 문화적 유산이다.

요즘 문학청년은 어떨는지 모르지만, 우리 연배 전후는 문학청년 시절에 이상의 영향으로부터 자유로운 사람이 많지 않다. 나 역시 10대 후반 한동안 이상의 매력에 흠씬 젖어 지낸 시절이 있었다. 자폐를 앓으며 열등의식에 사로잡혔던 10대 후반, "니가 이 집안으 장자다. 내 눈 침침해지고 손 떨려 바느질도 몬

할 때 니가 옳은 직장 구해 우리 식구를 믹이 살려야 한다"라는 어머니의 닦달질에 주눅이 들던 시절, 이상과의 만남이야말로 내게는 한 줄기 구원의 빛이었다. 이상처럼 살다 죽으면 얼마나 행복할까란 상상이 발전해, 이상 나이만큼만 살다 죽기로 결심하기까지 했으니. 그의 소설 「날개」에서 주인공의 무위도식하는 몽상적인 삶을 연모한 그 시절, 내가 앓던 문학병은 가을 맞은 결핵 환자와 다름없었다.

이상보다 네 살 연상이었던 화가 구본웅은 개화된 서울 중산층 집안에서 태어났으나, 두 살 때 마루에서 떨어져 척추장애인이 되었다. 경신학교 시절인 10대에 이미 화가로서의 재능을 인정받았고, 조각에도 관심이 많아 조선미술전람회에 출품한 「얼굴습작」(1927)이 특선으로 뽑히기도 했다. 그는 신체장애를 오기로 극복하듯, 당시 주류를 이루었던 자연주의풍 화단에 20세기 초 베를린을 중심으로 시도된 표현주의 화풍을 받아들여, '호작질처럼 그렇게 그려도 그림이 되는가' 하는 기친 필법으로 세인을 어리둥절하게 했다.

화단의 귀재鬼才 구본웅과 문단의 기재奇才 이상이 만난 때는 구본웅이 일본 다이헤이요 미술학교를 졸업하고 귀국한 1934년이었고, 둘은 이상이 문을 연 '제비다방'에서 작취미성의 의기투합한 나날을 보내다가, 1936년 이상이 구본웅의 부친이 경영하던 '창문사'에 잠시 근무하기도 했다. 이상은 구본웅 서모의 여동생 변동림과 결혼한 뒤 곧 일본으로 건너감으로써, 둘의 교류

구본웅, 「친구의 초상(友人像)」, 1935, 국립현대미술관.

는 3년으로 끝났다. 이듬해 이상은 도쿄에서 폐결핵과 가난으로 쓰러졌고, 다시 깨어나지 못한 채 27세의 젊은 나이에 객사했다. 「친구의 초상」은 사진으로 남아 있는 이상의 얼굴과 빼다 박은 듯 닮은, 사실적인 초상화가 아니다. 그래서 오랫동안 그 초상화의 주인공이 밝혀지지 않은 이유가 되기도 했다. 그런데 파이프를 문 「친구의 초상」은 보면 볼수록 희대의 문재文才 이상의 삶과 문학의 내면을 적절하게 드러내고 있다.

전체 화면은 암청색으로 어둡고, 굵은 선으로 처리한 거친 톤이 포비슴fauvisme(야수파)적 화풍을 강하게 풍긴다. 기존 질서를 못마땅하게 여기는 약간 삐딱한 제스처, 결핵형 체질의 좁은 어깨, 노숙자 같은 더부룩한 머리칼, 선병질적인 길쭉한 얼굴에 뾰족한 턱, 가장자리를 붉게 칠한 찢어진 큰 눈에서 번득이는 굶주린 열정과 광기, 가꾸지 않은 수염 자국이 방랑아 같은 자유인의 체취를 풍긴다. 각혈을 상징하듯 붉게 칠해진 입술에 파이프를 한쪽으로 물고 있는데, 피어오르는 연기를 불꽃의 잔해처럼 분홍색으로 처리하여 활화산으로 타는 이상의 예술혼을 상징하는 듯하다. 이상의 천진함과 오만함을 함축한 난해한 작품과 자유분방한 객기를 유감없이 증거한, 가장 이상다운 초상화라 아니할 수 없다.

「친구의 초상」은 이상의 대표작 「날개」의 주인공을 닮았다. 「날개」의 주인공이야말로 이상의 분신이고, 한 시절 나의 우상이었다. 초상화를 꼼꼼히 보고 있으면, 파이프 담배를 피우는 이상이 금방이라도 화면에서 튀어나와, 한참 문학 후배인 내게 그 특유의 독설을 퍼부을 것 같다.

"세속에 젖어 여든을 앞에 둔 나이까지 살며, 한 시절 자네가 나를 닮겠다구? 애젊은 시절의 객기를 나이 들어서까지 팔아먹지 말게, 낄낄." 그러다 그는 정색을 하며, 「날개」의 첫 구절인 "박제가 되어버린 천재를 아시오?" 하고 갑자기 물어와, 나로 하여금 쥐구멍에라도 숨고 싶게 할 듯하다.

3부

———

도전과 파괴,
재창조

낭만주의에 반기를 든 선구적 화가

쿠르베의 「만남(안녕하세요, 쿠르베 씨)」

프랑스 남부의 중심 도시 님에서 스페인 쪽으로 기차로 두 시간 거리에 있는 몽펠리에는 태양빛 강렬한 남프랑스 지중해 연안에 있는 항구도시다. 부근에 폴 발레리가 「해변의 묘지」를 쓴 해변이 있어 그의 시를 사랑하는 관광객의 발길을 끈다. 몽펠리에 기차역에 내리자 시장 통같이 북적대는 사람들, 스페인풍의 고색창연한 건물, 신호도 무시한 채 함부로 길을 건너는 활달한 시민의 모습이 세련된 파리와 달리 푸근한 시골 풍정을 느끼게 했다.

몽펠리에가 자랑하는 파브르 미술관은 시 중심부 코메디 광장을 거쳐 역에서 도보로 15분 거리에 있다. 지하 1층부터 지상 3층까지 주로 19세기 이전의 회화와 조각을 내규모로 소상하고 있는 이 미술관은, 쿠르베와 들라크루아 작품이 소장되어 있는 것으로 유명하다.

나는 드디어 귀스타브 쿠르베의 대표작이요 당시로서는 가히 혁명적이라 부를 만한 사실주의 회화의 대표작으로, 탁구대반 크기의 대작 「만남(안녕하세요, 쿠르베 씨)」 앞에 섰다. 우선 화집에서 보던 느낌보다 색상이 훨씬 밝다. 배낭을 진 채 한 손에는 모자를 벗어 들고 다른 한 손에는 지팡이를 든 수염 기른 쿠르베가 자기 후원자와 그 하인을 시골길에서 만난 장면을 그린 그림이다. 어디에 걸어놓아도 그 크기만 빼면 주목받기 힘든, 너무 일상적인 평범한 내용이다. 그러나 이 그림에서 보인 쿠르베의 저항 정신은 예술가가 자기만의 세계를 구축하기 위해 얼마나 혼신을 바쳤는가를 잘 말해준다.

1855년 파리 만국박람회 때 쿠르베의 그림「화가의 작업실」(1855)이 음란하고 불경하다는 이유로 출품을 거부당하자, 그는 자신의 회화적 이념성을 알리는 방법으로 몽테뉴가街에 허름한 판자 창고를 짓고 자신의 작품 40여 점으로 '사실주의, G. 쿠르베전'이란 이름 아래 개인 전시회를 열었다. 당시 부르주아 호사가들의 구미에 맞춘 고상한 아카데미즘과 화려한 낭만주의와 이상주의 회화에 반기를 든 그 전시회야말로, 쿠르베 회화 이론의 실증적인 선언이었다. 당시 유럽 지성계를 풍미하던 사회주의 이론을 회화로 받아들여 허식과 장식적인 요소를 일절 거부하고 눈에 보이는 사실, '있는 그대로의 상태'를 객관적으로 묘사했던 쿠르베는 스스로를 '자연의 제자'라 칭했다. 그는 아름다움이 아니라 진실 자체를 그리려 했다. 당시 관전파官展派의 요란한 궁정 화풍이 판을 치던 화단에 그의 혁명적 화풍은 거센 반론을 받기에 충분했다.

「만남(안녕하세요, 쿠르베 씨)」도 품위 있는 포즈, 매끄러운 선, 현란한 색채감이 없다. 당시는 사진기가 발명되기 전이지만, 흔히 볼 수 있는 일상적인 삶의 한 단면을 원색사진으로 찍어놓

Gustave Courbet, *The Meeting("Bonjour, Monsieur Courbet")*, 1854,
Musée Fabre, Montpellier.

은 듯하다. 관전파의 화려한 작품에 익숙한 사람들에게는 솔직히 이 그림이 유치해 보였을 법도 하다. 화면 속에서 이젤이 든 배낭을 멘 쿠르베 자신도 '점잖은 화가'가 아닌, 시정에서 흔히 볼 수 있는 셔츠 차림의 서민 내지 부랑자로 묘사했다. 하인을 데리고 산책을 나선 귀족(또는 부호) 앞에 턱수염 달린 턱을 쳐든 쿠르베의 자세가 '당신이 내 그림의 진가를 이해할 수 있겠소' 하며 화가의 자존심을 나타내듯 당당하다.

나는 그림으로 먹고살지만 한순간도 원칙을 벗어나거나 양심에 어긋나는 짓을 하고 싶지 않네. 또 누구를 기쁘게 해주기 위해, 아니면 돈을 쉽게 벌기 위해 그림을 그리고 싶지도 않네.

1854년 친구에게 보낸 편지처럼 쿠르베는 당대의 시류를 거부하고 인습을 경멸했으며,「돌 깨는 사람들」(1849)에서도 보여주듯 노동하는 서민을 옹호하며 삶의 진실 자체를 추구했다.

「만남(안녕하세요, 쿠르베 씨)」에서도 보듯, 화면에는 보이지 않지만 길을 덮은 큰 나무의 그림자와 쿠르베의 그림자 묘사는 그가 얼마나 '사실' 자체에 충실하려 했나를 보여준다. 오르세 미술관에 소장된, 가랑이 벌린 여성의 음부만을 적나라하게 묘사한 「세상의 기원」(1866)도 음란하다는 비난을 각오하고, 있는 그대로의 '사실'에 충실한 쿠르베의 집념을 읽을 수 있다.

몽펠리에와 보르도를 거쳐 파리로 와서 오르세 미술관에 들렀을 때, 쿠르베의 만년작 「광란의 바다」(1876)를 만날 수 있었다. 포효하는 바다의 암울한 실경 묘사를 보며, 자신이 지지했던 파리코뮌이 실패로 끝나자 스위스로 망명하여 그곳 산하를 그리다 죽은 그의 불운한 말년을 떠올렸다. 그러나 그의 확고한 사실주의 신념은 사후 전 유럽 화단에 큰 영향을 미쳤고, 19세기 말 프랑스를 풍미한 인상주의 회화에도 선험적 구실을 했다.

낙선작 전시회에 출품하여 명화로 남다

마네의 「풀밭 위의 점심 식사」

살롱전에 출품하여 연달아 낙선하자, 에두아르 마네는 심사위원들을 조롱하듯 '살롱 낙선전'에 기상천외하고 상스러운 작품 한 편을 출품했다. 「풀밭 위의 점심 식사」가 바로 그 작품으로, 퐁텐블로 공원 잔디밭에 정장을 차려입은 두 신사 사이에 벌거벗고 앉아 있는 여인의 모습을 그린 그림이다. 자기 그림을 번번이 낙선시킨 심사위원에 대한 조롱을 넘어서서 '위대하고 엄숙한 예술'에 대한 도전이었다.

비스듬히 마주 보고 앉은 두 신사는, 꽁지깃 달린 모자로 보아 파리 소르본 대학 학생으로 보인다. 그렇다면 벌거벗고 앉은 여인의 정체는? 우선 화가들이 열심히 추구한 미모의 여성상에 턱없이 모자라는 못생긴 얼굴이다. 여인의 몸 역시 그렇다. 어깨에 붙은 목과 접힌 아랫배가 전통적인 아름다움과는 거리가 있다. 거기에다 여인은 남자 가랑이 사이에 한 다리를 밀어 넣은 발칙한 자세로 앉아, 수줍어하기는커녕 "뭘 봐?"하듯 뻔뻔스럽게 화면 밖 감상자를 빤히 바라본다. 공원 연못에서 속옷 차림으로 목욕하는 뒤쪽 여자도 요조숙녀라고는 감히 할 수 없는, 미풍양속을 해치기는 마찬가지다. 그렇다면 마네가 대학생과 사창가 여인을 모델로 그림을 그렸단 말인가? 화가의 의뭉스러운 의도를 연상하면, 심사위원이 아니라도 불쾌할 수밖에 없다.

"이 무슨 외설스러운 장면인가. 신사들 사이에 벌거벗고 앉은 여성을 모델로 삼다니!"

마네의 그림을 본 감상자들은 비난과 조롱을 쏟아냈다. 특히 이 그림을 본 정숙한 여성들이 분노했다. 품위 있는 신사를 '인간'으로 비유했다면, 벌거벗은 여성을 '자연'으로 비유해 여성을 폄하했다는 항의였다.

그러나 「풀밭 위의 점심 식사」야말로 현대미술의 출발점이요, 프랑스 인상주의 미술의 개화를 알리는 효시가 된 작품이다. 마네는 벨라스케스, 고야 등 17세기 스페인 미술의 영향을 강하게 받았다. 16세기 이탈리아 고전주의(미켈란젤로, 라파엘로 등)까지 포함해 전대의 유명한 역사화와 종교화에서 미술의 기초를 익혔으되, 이를 혁파하고 새로운 회화의 길을 과감하게 펼친 것이다.

「풀밭 위의 점심 식사」는 우선 전체적인 풍경이 강렬하고도 경쾌하다. 배경이 된 숲(나무)을 그려낸 마네의 가벼운 터치는 그늘이 주는 어두움에도 불구하고, 기존 그림에서 보여준 중첩된 붓질이 주는 무거움과 탁함이 없다. 수채화적 기법이 처음으로 실현되고 있음을 볼 수 있다. 그 숲 사이로 비껴든 빛살을 듬뿍 받은 여인의 살색은 화사하기까지 하다. 단순하면서도 정확한 표현으로 음란함(여인을 통한 인간 해방)을 은근히 내보인다.

Édouard Manet, *The Luncheon on the Grass*, 1863,
Musée d'Orsay, Paris.

앞쪽의 엎어진 과일 바구니 옆에는 목욕을 하고 나온 여인이 금방 벗어놓은 옷이 구겨져 있다. 이 모든 점이 고루한 아카데미즘을 비웃으며, '이 얼마나 인간적 그림이냐'를 과시한다.

1863년의 「풀밭 위의 점심 식사」와, 같은 해 역시 벌거벗은 여인이 침대에 비스듬히 누운 「올랭피아」로 일약 프랑스 화단의 기린아가 된 마네 밑으로 젊은 추종자가 많이 따라, 자연 속 햇빛 아래 던져진 '인상적'인 한 장면을 마네풍으로 열심히 그리기 시작했다. 그들이 따로 세력을 형성했으니, 이름하여 인상주의 그룹이다. 인상주의는 1860년대 중반에 태동하여 1900년대 초반까지 예술 전 분야에 영향을 미치며 현대미술의 길을 활짝 열어놓았다. (인상주의란 명칭은 1874년 파리에서 개최된 최초의 합동전을 평하던 한 비평가가 조롱조로 '이미지를 포착한 그림들'이란 말에서 비롯되었다.)

'인상주의의 개척자' 또는 '인상주의의 아버지'라 불리는 마네는 1832년 파리의 유복한 가정에서 태어났다. 법무부 고위 공직자였던 아버지가 처음에는 아들의 화가 지망을 인정하지 않아, 마네는 17세 때 남아메리카 항로의 견습 선원이 되었다. 1850년에 겨우 역사화가 쿠튀르Thomas Couture의 작업실 출입을 허락받아 6년 동안 그림을 배웠다. 그 시기에 네덜란드와 이탈리아로 그림 순례 여행을 했으며, 스페인 미술에 크게 영향을 받았다. 한편 보들레르, 졸라, 말라르메 등 당대의 문학가들과 사귀며 그들을 통해 삶의 진실에 접근할 수 있었다. 그래서 종래의 종교화와 역사화에 염증을 느끼고 인간의 진실, 그 실존적 모습을 찾아 실체를 들여다보는 그림에 몰두했다.

"역사적 장면을 재현하다니, 참 웃기는 얘기군! 중요한 것은 이거야. 첫눈에 본 것을 그리는 것, 그래서 잘되면 그걸로 족한 거고, 혹시 잘 안 되면 다시 그리는 거지." 마네가 한 유명한 말이다. 그러나 마네의 그림이 인상주의의 한가운데에 서 있다고 말할 수는 없다. 전과 후를 가르는 과도기적 그림으로 아직도 빛이 덜 투사되어, 인상적인 한 장면을 표현했으나 인물 위주요 전체적으로 색상이 어둡다.

마네의 대표작 「풀밭 위의 점심 식사」와 「올랭피아」는 이탈리아 화가 티치아노의 그림에서 따온 변형變形인데, 피카소가 마네의 「풀밭 위의 점심 식사」를 변형하여 동명의 작품 「풀밭 위의 점심 식사(마네에 의한)」(1960)를 그리기도 했다. 마네는 스페인의 화가 고야가 프랑스군에 의해 처형당하는 스페인 민중을 그린 그림 「1808년 5월 3일」(1814)을 변형하여, 멕시코 독립전쟁에서 처형당한 「막시밀리안 황제의 처형」(1867~1868년경)을 그렸다.

이렇게 화가들이 선대 화가의 그림을 모방하여 비슷한 착상, 비슷한 구도, 비슷한 인물을 화면에 배열해놓고는 '엄연한 내 그림'이라고 떳떳이 재해석하는 변형 과정을 볼 때, 하늘 아래 진정한 '창조란 없다'에 동의하지 않을 수 없다. 비슷하게 베껴내되 얼마큼 창조적 열정이 가미되었느냐가 승패를 가름한다 할 것이다.

움직이는 인체를 한순간에 포착한 '무희의 화가'

드가의 「무대 위의 무희」

인상파 그림이 세계 미술 시장을 선도하며 그림값을 천정부지로 올려놓았고, 한국과 일본이 유독 인상파 그림에 열광한다. 그 이유를 인상파가 화단을 꽃피운 19세기에 두고 사회학적 평가를 내린 바 있다. 수공업 형태에서 근대 공업으로의 획기적인 발전, 절대왕정 권위주의의 몰락, 중산층의 폭발적인 성장으로 시민사회의 전면 대두, 진화론(다윈)·무신론(니체)·꿈의 분석(프로이트) 등 인간화를 진행시킨 근대정신의 완성 등을 열거한다. 사실 인상파 그림은 여러 근대적인 요소를 함축하고 있다. 그러나 나는 한마디로 요약하여, '보고 즐기기에 편한 보편적 아름다움'이라 평하고 싶다. 인상파 그림은 옆에 두고 늘 보고 싶을 만큼, 부드럽고 정감 있고 따뜻하며 인간적이다.

후기인상파 이후 큐비즘과 초현실주의를 거치며 미술은 추상 계열의 침투와 수용으로 차츰 난해해지기 시작했다. 대중과 멀어지고 전문화되어갔던 것이다. 이런 현상은 미술만이 아니라 문학과 음악에도 적용된다. 특별히 열거하지 않더라도 19세기는 모든 예술이 대중의 이해 속에서 절정의 꽃을 피웠고, 20세기 들어 대중과 멀어지는 탈사실주의의 길로 앞서 달려간 것이다. 그래서 19세기까지의 예술은 고전古典이라 일컫고, 여러 갈래로 분화된 20세기부터 현대現代로 분류된다. 그 대신 미디어의 발전과 더불어 대중을 열광시키는 새로운 개념의 대중 예술(하류 예술) 장르가 태동했다.

서론이 길어졌지만, 19세기의 프랑스 화가 에드가 드가를 두고 '인상주의의 선도자'라 칭한다. 그러나 드가의 그림은 일반적인 인상주의 그림과 다소 거리가 있고, 인상주의의 한 부분만을 수용했다. 다른 화가들이 빛과 대기의 변화에 자연이 어떻게 반응하는가를 좇아 야외 풍경 그리기에 몰두할 때, 드가는 주로 실내에서 인체의 변화를 주목하며 작업했다. 그림보다 더 사실적으로 대상을 정확하게 찍어내는 사진기의 발명에 경악한 화가들이, 새로운 회화 영역을 개척하려 자연을 주관적 심미안審美眼을 통해 색채로 분해할 때, 드가는 오히려 스냅사진의 장면같이 인체 운동의 극적 순간을 구현했던 것이다. 그래서 드가를 '무희의 화가'로 칭송한다. 한편 경마장 풍경 스냅이나 욕조에서 벗은 몸으로 목욕하는 여인의 동작을 잡아 그린 그림도 많다.

드가는 고전주의의 완성자라 일컫는 앵그르의 제자요 계승자로서, 초기에는 고전주의 화법을 충실히 따랐다. 그러나 에밀 졸라 등 자연주의 문학과 '인상파의 원조' 마네의 영향으로 근대 생활에서 주제를 잡아 작품을 제작하며, 인상파의 8회 전시회 중 7회나 출품하여 누구보다도 먼저 인상파 화가로 인정받았다. 동시대 대표적인 인상파 화가 카미유 피사로Camille Pissarro는 드가

Edgar Degas, *The Star*, 1876~1877, Musée d'Orsay, Paris.

를 '우리 시대의 가장 위대한 미술가'로 칭송했고, 르누아르는 드가의 조각을 로댕보다 높이 평가했다. 20세기 미술에도 풍부하고 다양한 영향을 끼쳐 피카소 등 뛰어난 소묘가를 매료시켰다.

여기에 소개한 「무대 위의 무희」는 드가가 그린 많은 무희 그림 중 하나다. 카메라가 위에서 내려다본 위치에서 앵글을 잡듯, 화가 역시 높은 위치에서 각도를 선택했다. 평면이 아닌 이런 시점 선택은, 중세 미술의 십자가 예수 고행상을 표현할 때 활용한 방법이다. 지상에서 천상을 올려다보거나 천상에서 지상을 내려다보는 각도의 선택은 인물화만이 가지는 색다른 묘사법이다. 어린 소녀가 고개를 젖히고 두 팔을 벌려 천사인 듯 춤추는 모습이 김연아 선수의 피겨 스케이트 공연을 보는 듯하다. 거칠면서도 소묘에 충실한 파스텔화의 특징이 잘 드러나고, 인상파 그림이 종전의 엄숙하고 무거운 고전주의와 어떻게 구별되는가를 확연히 보여준다. 드가는 회화, 청동상, 드로잉, 판화에 두루 능숙했지만, 특히 정확한 소묘 능력과 화려한 색채감으로 파스텔화에서 현란한 솜씨를 보였다.

드가는 부유한 은행가 집안의 장남으로 태어났으며, 자의식 강한 특이한 성격이라 평생을 독신으로 보냈다. 아름다운 여성을 대상으로 많은 그림을 그렸던 것과는 달리, 그는 평생 어떤 여성과도 염문을 남기지 않은 결벽주의자였다. 40세 이후에는 시력이 약해져 주로 청동상 조각에 몰두했으며, 마지막 20년은 거의 실명 상태로 보냈다. 그가 다른 인상파 화가들과 달리 야외 풍경을 좇지 않은 점은 결벽증, 우울증과도 상관이 있으며, 나이가 들수록 인간 혐오증이 심해져 고독한 은둔 생활 끝에 83세에 생을 마쳤다.

드가 사후 상징주의 시의 완성자로 불리는 폴 발레리가 드가와의 우정을 기념하여『드가, 춤, 데생』이란 저서를 남겼다. 내성적이라 화실에 칩거하여 그림에만 몰두한 그였지만, 드가는 발레리와 동시대의 소설가 졸라, 콩구르, 도데와도 교분을 나누었다. 그는 자기 화실에서 인상주의 화가들, 문학가들과 어울려 예술론을 펼치기도 했다.

세잔이 '발견'했던 산의 다른 모습

세잔의 「생트빅투아르산」

1996년 겨울, 프랑스 문화부 초청으로 한국의 시인·작가 10여 명이 파리에 갔을 때다. 마침 세잔 서거 90주기를 맞아 국립궁전 박물관에서 '세잔 大회고전'이 열리고 있었다. 프랑스 문화부의 배려로 그 전시장을 단체로 관람할 기회를 가졌다. 기온이 영하로 떨어진 이른 아침 일행이 전시장에 도착했을 때, 추운 날씨임에도 개관을 기다리며 떨고 서 있는 관람객 대열이 200미터에 다다랐다. 그것을 보니, 프랑스인의 미술에 대한 관심도와 자국이 낳은 20세기 미술의 거장 폴 세잔에 대한 존경심을 한눈에 짐작할 수 있었다.

남프랑스 엑상프로방스에서 태어난 세잔은 어릴 적부터 단짝 동무였던 소설가 에밀 졸라에게 "사과로 파리를 정복하겠다"고 말했다. 그 말처럼, 사과가 중심을 이루는 세잔의 정물화들이야말로 정물화를 어떻게 그려야 하느냐의 전범이다. 선배 시인이 옆에서 세잔의 정물화를 보며 "이건 정물靜物이 아닌 생물生物이군"이라고 했다. 화면에 손을 대면 만져질 듯한 사과에 대한 표현이 역시 시인다웠다. 1층을 거쳐 지하 전시장에서 나는 드디어 20세기 미술의 새 장을 연, 여러 각도에서 그린 장엄한 「생트빅투아르산」 앞에 섰다.

세잔은 젊은 시절부터 그의 고향에 있는 용머리처럼 생긴 험준한 생트빅투아르산을 즐겨 그렸고, 만년에는 세밀한 관찰 끝에 여러 각도와 실험적 방법으로 그 산을 집중적으로 묘사했다.

「생트빅투아르산」은 연두색을 섞은 엷은 회청색 하늘 아래 회색의 밋밋한 산 윤곽이 드러나고, 경계선이 모호하게 시작되는 앞쪽은 숲·땅·집들을 초록과 황토색으로, 마치 밑그림 그리듯 적당히 얼버무렸다. 수채화풍의 이 그림은 가볍게 쓱쓱 그은 붓질이 숲·땅·집의 형태를 의도적으로 불분명하게 흐려놓고 있다. 졸린 눈으로 사물을 관찰하듯, 아니면 이중 구조의 복합 시점으로 대상을 파악한 느낌이다. 반투명한 유리를 거쳐 자연을 보듯 그린 「생트빅투아르산」을 두고 당시 세평이 그랬듯, "영감님도 이제 시력이 갔나 봐" "늙은 세잔이 조잡한 실험에 미쳐버렸어" 하는 소리를 듣기가 십상이다.

「붉은 조끼를 입은 소년」(1894~1895)은 오른팔 길이가 신체 비례에 맞지 않게 너무 길며, 그가 만년에 그린 「앉은 사람」(1905~1906)은 얼굴에서 이목구비를 빼버려 허깨비 같은 모습이다. 누구보다 사실 자체를 충실하게 묘사할 수 있는 그가 왜 그런 엉뚱한 시도에 몰입했을까? 그 비밀을 푸는 열쇠를 만년의 「생트빅투아르산」에서 볼 수 있다.

평생을 오로지 사물을 충실하게 그리기에만 바쳐온 진지한 노력과, 구도와 색상에 약간의 빈틈도 없이 완벽성을 추구한 세

Paul Cézanne, *Mont Sainte-Victoire*, 1902~1904, Philadelphia Museum of Art.

잔이 말년에 이르러서야 어떤 도道의 정점에서 홀연히 깨달음에 이른 듯 시도한 일련의 그 독창적인 화법이야말로, 큐비즘과 추상회화가 「생트빅투아르산」으로부터 시작되는 새로운 길을 열었다. 생트빅투아르산을 그린 일련의 그림이 현대 회화의 위대한 '발견'임을, 그의 정물화만 그저 좋아했던 젊은 시절에는 나 역시 모르고 있었다.

세잔은 자연을 눈에 보이는 그대로, 이를 밝은 색감으로 정치하게 표현하는 인상파 화풍에서 출발했지만, 만년에 이르러 그의 관찰력은 자연의 내면으로 깊숙이 들어가 자연이 인간의 마음에 닿는 심리적 해석을 화면에 독창적으로 구현하기 시작했던 것이다. 미 대륙이 태곳적부터 그곳에 있었지만 콜럼버스가 '발견'함으로써 세계사에 편입되었듯, 자연과 사물은 세잔에 의해 가시적 해석을 넘어 재해석되었다. 풍경을 이중 구조로 추상화시킨 생트빅투아르산에 대한 발견이야말로 20세기 미술의 새로운 길을 열어젖혔다. "모든 자연은 원통·구·원추형으로 환원된다"라는 자신의 선언대로, 세잔은 자연을 가시적이고 평면적인 넓이보다 사물의 해체를 통한 깊이의 심층으로 들어갔던 것이다. 그 새로운 세계는 인간이 살 수 없는 불모의 땅 사막이 석유의 무진장한 보고임을 처음 발견한 개발 탐사 팀처럼, 미술의 새로운 광맥을 찾아낸 셈이다.

전시장을 나서자, 영하의 추위에 발을 동동거리며 입장을 기다리는 관객의 줄이 연이어져 있었다. 세잔의 위대함을 엉뚱하게 '발견'하는 순간이었다. 나는 사과를 모티프로 한 완벽한 구도의 아름다운 정물화보다 생트빅투아르산을 통해 위대한 발견을 이루어낸 세잔의 고통스러운 집념, 초월적 영감, 자기 세계에 안주하지 않는 부단한 도전적 열정에 숙연해졌다.

파리 화단을 경악시킨 화려한 색채
마티스의 「모자를 쓴 여인」

30대 후반 저녁마다 술에 절어 지내던 시절, 문우들 사이에 화가도 더러 끼게 마련이었다. 내가 그림에 관심을 보이자 초면의 동년배 서양화가가, 외국 화가로 누구의 그림을 좋아하느냐고 물었다. "마티스 어때요?" 하고 대답하자, 그는 내게 마티스의 어떤 점이 좋으냐고 다시 물었다.

"마티스가 쓰는 현란한 색에는 음악이 느껴져요." 아마추어 감상자로서 마티스 그림과 춤의 관계라면 몰라도 음악이라니. 나는 엉뚱한 대답을 하고 말았다. 내 표현이 지극히 주관적이지만, 마티스의 그림에서 나는 늘 피아노 음의 경쾌한 울림을 듣는다.

앙리 마티스는 다른 어떤 화가보다 그림을 보는 즐거움을 배가시킨다. 그가 자유자재로 칠한 듯한 색채는 그냥 보고만 있어도 즐겁다. 그의 색채에는 어린아이가 무심코 피아노 건반을 톡톡 눌렀을 때 튕겨 나오는 경쾌한 울림, 음악성이 있다. 그가 화폭에서 쓰는 색마다 고유의 자기 음이 명료하고, 그 음들이 합쳐져 하모니를 이룰 때는 모차르트의 「교향곡 제25번」을 듣듯 눈이 즐겁다.

마티스가 36세에 그린 「모자를 쓴 여인」은, 그가 포비슴 화풍을 막 받아들였을 때 그린 아내의 초상이다. 이 그림의 강렬하고 도전적인 표현, 혼란스러울 정도로 요란한 색채는 파리 화단에 큰 물의를 일으켰다. 거칠고 현란한, 과시적인 색채라는 비난의 성토를 마티스도 인정하여 "어쩌다 내 그림이 시대를 앞서가는 사람들 사이에서 다소 인정을 받기는 했지만, 내 마음에 썩 들지는 않았다. 고통스러운 노력의 서막이 오른 셈이었다"라고 뒷날 술회했다. 그러나 이러한 마티스의 겸손은 그 뒤 그가 줄기차게 밀고 나간 '색채의 혁명'을 거치며 더욱 구체화되었다.

'여인이 쓰고 있는 모자가 그렇게 유치찬란하게 요란한 이유는?' '여인의 머리칼이 왜 한쪽은 붉은색이고 다른 쪽은 암녹색인가?' '여인의 얼굴에는 실제로 연보라색, 녹색, 파란색 줄무늬가 있는가?' '붓 자국 자체를 두고 보더라도 그렇다. 무성의하고 성급하게 아무렇게나 찍찍 칠해도 되는가?'

사물의 외관에 선입관부터 들이대는 보수적인 살롱전 화가들에게 마치 만화처럼 보이는 「모자를 쓴 여인」은 그런 비난을 받아 마땅했다. 그러나 사물의 색채는 작가의 주관적인 해석을 거쳐 표현되며 화면 전체에 구사한 각양각색의 색채가 전체적인 조화를 이루어 또 다른 시각적 즐거움을 줄 때, 그런 효과의 창출이야말로 작가 고유의 독창성이다. 원색의 대담한 구사, 장식미술에 대한 관심에서 출발한 장식적인 색채 처리를 통해 마티스는 이 그림에서부터 이제 자기가 갈 길을 발견한 것이다.

「붉은색의 조화」(1908)에서 보여주는, 장식 무늬가 든 빨간

Henri Matisse, *Woman with a Hat*, 1905, San Francisco Museum of Modern Art.

색채가 갖는 무한한 잠재력의 실험, 이듬해부터 그린 「춤」 시리즈의 율동미를 상승시키는 색상의 대비, 중반기를 넘어서며 페르시아 카펫과 오리엔탈 무늬의 커튼을 배치한 「터키풍 의자에 기댄 오달리스크」(1928)의 현란한 색상, 말년의 오려 붙이기 수법의 「다발」(1953)이 보여주는 용솟음치는 색의 활력 등으로 인해, 외광을 추구한 후기인상파의 그림이 마티스의 작품들과 나란히 전시될 경우 마티스적 색채 앞에서는 그 화려한 그림들도 빛을 잃고 만다.

마티스의 독창적인 색채감각을 잘 평가한 '원색의 마술사'란 칭호가 그 외에 누구에게도 붙여져서는 안 된다는 보증수표가 여기에 있다. 무슨 색으로 어떻게 그렸느냐가 아니라, 색이 가진 무한대의 잠재력을 화면에 끌어내기는 마티스 전후로 분수령을 이룸을 알 수 있다. 피카소가 당대의 유일한 경쟁자로서 평생 동안 마티스의 그림을 두고 질투와 존경의 갈등 속에서 지냈다는 거장의 '평가'를, 평범한 감상자인 나 역시 수긍할 수밖에 없다.

법률사무소 서기직을 걷어치우고 23세에 미술에 입문하여 85세에 죽을 때까지, 마티스만큼 동시대의 모든 시류를 검히히게 소화하되 그 시류를 뛰어넘어 자기 세계를 부단히 개척한 정력적인 화가는 없다. 화가의 길로 들어선 뒤, 오전 여덟 시부터 작업을 시작하여 해 질 녘에 작업을 마칠 때까지 그는 수도사 같은 규칙적인 생활로 일관했다. 그의 그런 몰입은 하루도 쉬는 날

이 없었고, 빛과 색채의 공간 개념을 확장시키는 데 전 생애를
바쳤다.

천재 피카소가 창조한 큐비즘 누드화

피카소의 「아비뇽의 처녀들」

그림의 문외한도 피카소란 이름은 잘 안다. 비뚤어지고 뒤틀린
얼굴, 무엇이 사람이고 어디까지가 사물인지 엉기고 뒤섞인 난
해한 그의 그림에 고개를 갸우뚱하면서도 그가 20세기의 가장
유명한 화가 중 한 사람임을 모두가 인정한다. 그가 위대한 화가
라는 점을 수긍하면서도 무엇이 그를 위대하게 했는지 설명해보
라고 하면, 그림이 무엇이냐라는 원초적 질문 앞에서 당황하듯
끊임없이 변모해온 그의 다난한 실험 정신의 실마리를 풀어내기
가 곤혹스럽다. 파블로 피카소의 긴 예술 생애 중, 중기 이후의
그림과 조각을 가장 많이 소장한 파리 피카소 미술관을 둘러보
면, 그림에 식견이 좀 있다는 애호가조차 새로운 세계에 대한 그
의 변화무쌍한 도전과 도도한 열정, 집념에 찬 노력으로 쌓아올
린 거대한 성채 앞에서 그저 말문이 막힌다.

　　피카소를 이야기하는 자리에서 화제가 좌충우돌하면 나는
바르셀로나 피카소 미술관에서 보았던, 그가 소년기에 그린 엽
서 크기의 작은 수채화들을 떠올린다. 작은 화면에 자신의 가족
모두를 담아 넣은 세밀한 수채화는 물론, 그가 열여섯 살 때 부
인 환자를 진맥하는 의사를 그린 「과학과 자비」(1897)의 중후한

완성도는 그림의 문외한이 봐도 천재의 싹수를 어느 정도 짐작할 수 있다. 20대 문턱에 들어서기 전의 바르셀로나 시절, 그는 "나는 르네상스 미술을 이미 정복했다"라고 장담할 정도였으니 말이다. 그 정도로 오만하고 패기에 찬 그였기에, 대가가 된 후에도 "그림을 왜 그리냐고? 물론 돈 때문이지" 하고 당당히 말할 수 있었는지 모른다. 웃통을 홀랑 벗고 반바지 차림으로 태연히 지껄이는 그런 식의 답변에는 안하무인격인 조롱기에 더해 소탈함과 순진성마저 느껴지기도 한다.

작달막한 키, 가무잡잡한 근육질의 체격, 벗어진 이마, 부리부리한 눈동자의 스페인 출신 피카소가 약관 20세에 파리 미술을 정복하겠다고 입성한 이래, 1907년 26세에 그는 몇 달에 걸쳐 화실 문을 잠그고 비밀리에 대작 한 편을 완성했다. 다섯 창녀의 기괴한 형태의 누드화 「아비뇽의 처녀들」이 바로 그 그림이다.

이 한 장의 그림이 큐비즘의 출발이며, 이 그림에 왜 모든 현대 예술의 시발점이란 찬사가 따라야 하는지, 그림을 막연히 좋아하던 젊은 시절에는 나 역시 과연 그럴까 하고 고개가 갸우뚱해졌다. 그가 이 거대한 작품을 자신의 애호가들 앞에 처음 공개했을 때, 마티스와 브라크, 시인 아폴리네르가 충격과 당혹을 금치 못하며, 감탄은 속으로 감추고 겉으로 투기의 비난만 퍼부었던 것처럼. 1960년대 중반, 당시만도 미술사에 대한 식견이 좁았던 나로서는 '위대한 그림'이라는 타인의 이론과 극찬이 금방 내 안목으로 소화되어 육화될 리 없었다.

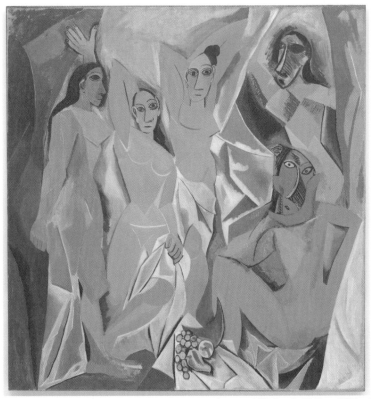

Pablo Ruiz y Picasso, *Les Demoiselles d'Avignon*, 1907,
Museum of Modern Art, New York.

도색시대桃色時代(1905~1906)의 연장이듯 화면이 노란색과 주황색의 거대한 나신으로 채워진 「아비뇽의 처녀들」은 분명 누드화임에도, 전대의 많은 화가가 사실화로 그려온 양감 있는 부드러운 여체와는 전혀 다르다. 입체감 없는 평면적인 묘사에 각으로 꺾인 선과 유치원 아이들이 마구 그린 듯한 만화 같은 여자들의 표정이 우스꽝스럽다. 「아비뇽의 처녀들」을 혹평하며 피카소에게 "앞으로는 캐리커처에나 전념해보라"고 했던 당시 미술평론가의 조소가 꽤나 그럴듯하게 들린다. 하지만 문제는 그 그림을 그 누구도 아닌 피카소가 그렸다는 데 있다.

왼쪽 여자는 고갱의 남태평양 원주민 모습에서 따왔고, 가운데 두 여자는 당시 그가 심취했던 이베리아 조각의 편평한 면을 좇아 착상했고, 오른쪽의 톱니형 주름을 넣은 두 여자는 아프리카 원주민 가면의 영향이다. 인물 사이에 줄무늬로 메운 공간에서는 세잔의 만년작 「생트빅투아르산」에서처럼 사물의 단순한 처리가 엿보인다. 한마디로 그가 관심을 둔 여러 회화의 인상적인 수법을 혼합하고 거기에 자신의 독창적인 해석을 가미한, 여태껏 볼 수 없었던 새로운 형태의 그림이요 누드화다. 원시미술에서부터 현대미술에 이르기까지 시간과 공간을 초월한 입체적 화면을 다섯 여자를 통해 한 화면에 집대성했으니, 모방도 이쯤에 이르면 말문이 막히고 그저 입만 벌어질 뿐이다.

"두 여자가 정면을 보고 있는데 코는 왜 옆면으로 그렸나요?"

"그렇게 그려야 누가 보아도 그게 코란 걸 알 수 있잖소."

"몸은 돌아앉았는데 얼굴은 정면을 보고 있다니. 그동안 당신이 즐겨 그린 곡예사라도 인간의 몸이 양초가 아닐 바에야 그런 자세는 불가능할 텐데요?"

"여자가 돌아앉아 있다면 어떻게 생겼는지, 당신이 남성이라면 그 얼굴을 보고 싶을 텐데?"

「아비뇽의 처녀들」을 두고 피카소와의 대화가 이쯤 풀린다면 질문 자체가 싱거워져 물러설 수밖에 없다. 상식의 초월, 기존 가치관의 철저한 파괴에서부터 「아비뇽의 처녀들」은 출발하기 때문이다. 「아비뇽의 처녀들」에서 보인 그 혼합 양식은 동시대의 문학가 제임스 조이스의 『율리시스』에서 보인 '의식의 흐름' 수법과 T. S. 엘리엇의 대표작인 시 「황무지」에서도 시도되고, 전 예술에서 큐비즘의 시대를 연 획기적인 업적으로 남게 되었다.

자연을 해체하여 입체적으로 구축

브라크의 「에스타크 육교」

100년 전 파리에는 그야말로 입신양명해보려는 예술가들이 세계 각처에서 구름같이 몰려들었고, 그들의 그림·문학·음악은 상호 영향을 주고받으며 20세기의 새로운 예술 세계를 꽃피워나갔다. 브라크, 피카소, 레제는 트라이앵글처럼 20세기의 새로운 회화 양식 큐비즘의 세계를 동시에 열었는데, 시인 겸 미술평론가인 아폴리네르가 그들 그림에 '큐비즘'이란 명칭을 부여해 이론적인 지주가 되어주었다.

18세의 화가 지망생 조르주 브라크가 영불 해안 항구도시 르아브르에서 청운의 뜻을 품고 파리로 나온 해는 20세기가 막문을 연 1900년이다. 공교롭게노 그해 피카소는 19세에 스페인 바르셀로나에서, 레제 역시 19세에 노르망디에서 파리로 진출했다. 브라크는 그림을 시작하면서 당시 파리 화단의 주류를 이루던 인상주의를 거부하고, 포비슴에서 출발하여 곧 큐비즘의 세계로 뛰어들었다.

1907년 브라크는 '세잔 회고전'을 보며 크게 감동하였고, 아폴리네르의 소개로 피카소의 화실을 방문한 걸음에 피카소가 그해 제작한 대작 「아비뇽의 처녀들」을 보고 자신이 추구하려는 세계와 너무 흡사한 새로운 그림에 깜짝 놀랐다. 새로운 회화의 길을 개척해나갈 힘센 동지를 발견한 셈이다. 둘은 곧 의기투합했고, 그는 이듬해부터 피카소와 공동으로 큐비즘의 조형혁명을 시작했다.

1908년 여름, 브라크는 자기가 열어갈 새 스타일의 그림, 그 야망에 불타 화구를 싸들고 남프랑스 에스타크로 떠났다. 이 「에스타크 육교」는 그가 그해 여름까지 머물며 그린 에스타크 풍경 중 하나이다. 세잔은 말년에 「생트빅투아르산」을 그리며 "모든 자연은 원통·구·원추형으로 환원된다"라고 주장했는데, 「에스타크 육교」는 그 이론을 충실히 재현한, 세잔의 영향이 역력하다. 아니, 브라크는 세잔으로부터 한 발 더 나아가 눈에 보이는 시각적인 자연을 더욱 해체시키며 새로운 입체적 구성을 시도했다. 나무 사이의 집들이 단순화되어 사각·삼각형의 입면체를 이루고, 저 멀리 웅장한 육교가 보인다.

파리로 돌아온 브라크는 「에스타크 풍경」 연작을 살롱도톤에 출품했으나 두 점만 입선되고 다섯 점은 낙선되고 말았다. 이에 불만을 품은 그는 작품을 모두 회수해 칸바일러 화랑에서 개인전을 엶으로써 스스로 큐비스트임을 선언했다. 자연을 기하학적 기법으로 단순화시키고, 원근법을 철저히 배제하고, 사물을 평범한 공간이 아닌 입체적 공간에 투사한 「에스타크 풍경」은 브라크의 큐비즘을 향한 기념할 만한 작품이다. 비평가 루이 복셀Louis Vauxcelles은 "기하학적 도형 같은 통나무집"이라 비웃기

Georges Braque, *Viaduct at L'Estaque*, 1908, Musee National d'Art Moderne,
Centre Georges Pompidou, Paris.

도 했으나, 장 폴랑Jean Paulhan은 "사물을 바라보는 것이 아니라 만져보듯 그린 화가"라는 촉각적 특징을 지적했고, 아폴리네르는 "현대미술의 모든 새로운 점들을 검증하고 계속 검증해나간 검사관적 장인 의식"이라고 옹호했다.

1910년부터 브라크는 주제를 풍경에서 정물로 옮겨 꽃 등 주변 사물을 오브제로 다루었다. 그즈음 피카소도 열심히 큐비즘 화풍을 시도했는데, 두 화가의 그림을 나란히 놓고 보면 어느 것이 누구의 작품인지 구별하기 힘들다. 1914년 브라크는 제1차 세계대전에 소집되었고 이듬해 부상으로 전역한 뒤, 1922년부터 「카네포르」 연작을 계기로 고전적인 주제로 기울었다가 「원탁」(1929)을 발표할 무렵부터 '종합적 큐비즘'을 지향했다. 후기에는 「아틀리에」 연작과 「당구대」 연작, 그리고 비상하는 '새'의 이미지를 도입한 캔버스화를 많이 그렸다. 여기에 그는 사물의 대상끼리, 또는 대상과 자기 자신을 합일시키려는 이상적인 조화를 통한 공간을 찾아내려는 노력을 경주했다. 브라크는 이렇게 평생 일관되게 큐비즘을 철저히 고수했으며 회화에서의 공간 문제를 진지하게 탐구했다.

추상미술로 발전하는 데 큐비즘이 한 출발점이 되었음을 인정하면서도, 내가 브라크를 이해의 관점에서 바라보는 데는 오랜 시간이 걸렸다. 검사관으로서의 분석적인 안목이 모자란 탓이기도 하지만, 추상미술을 이해하고자 할 때마다 그 앞에는 브라크가 장애물처럼 늘 가로막고 있었다. '브라크 넘어서기'는 한

동안 내 미술 이해의 과제였다.

실제 변기를 조각품으로 출품

뒤샹의 「샘」

평면 작업을 떠난 지 오래인 현대미술은 여러 장르가 칵테일되어 그 조형성이 무엇을 뜻하는지 창작자의 설명을 들어도 아리송하고 진짜와 가짜를 식별해내기도 어렵다. 해괴한 치장으로 사람을 어리둥절케 하는 설치미술, 상품 선전 간판 같은 팝아트, 페인팅한 알몸으로 거리를 나서는 해프닝, 존 케이지와 백남준 유의 플럭서스fluxus……

전람회를 자주 찾고 화집도 들추며 명색이 미술 애호가를 자처하는 이가 도무지 알 수 없는 현대미술을 이해해보려 큰마음 먹고 차에 시동 걸어 출발하지만, 현대미술로 가는 길 앞에 장애물로 버티고 있는 화장실용 변기부터 먼저 치우지 않으면 차가 더 전진할 수 없다. 대량 생산하는 남성용 변기에 사인만 해서 이를 조각품이라고 길에 방치한 괴짜가, "먼저 나를 이해하지 않고는 현대미술의 길로 진입할 수 없어요" 하고 우기기 때문이다. 멋쟁이 모자를 쓰고 진하게 화장을 했기에 여자인 줄 알았더니, 알고 보니 여장 남자다.

제1차 세계대전 당시 프랑스에서 뉴욕으로 망명한 마르셀 뒤샹이 그 장본인이다. 그는 기성품인 남성용 변기에 'R. MUTT'

(얼간이)란 가짜 사인을 하고 이를 「샘」이란 이름을 붙여 1917년 뉴욕 '독립미술가전'에 조각 작품으로 버젓이 출품했다. 변기를 가명으로 출품하며 그는 잡지 『맹인』의 편집자 로쉬에게 "자네가 아름다움을 찾으려고 한다면 기성품은 자네 주위에 얼마든지 널려 있잖아" 하고 당당하게 말했다. 기성품 변기가 아름답다니? 이 해괴한 발상은 희대의 사건을 일으킨 끝에 '전시 곤란'이란 딱지를 맞았다. 참가비 6달러만 내면 작품의 수준과 관계없이 누구나 출품할 수 있으나, '비예술품' 변기를 두고 독립미술협회 이사회에서 난색을 표명함이 당연했다. "전혀 상스럽지 않고 거부당할 이유가 없다"라고 주장하던 뒤샹은 이사 중 한 사람이었기에 협회에 즉각 사표를 제출했다.

「샘」은 전시회가 개막한 뒤 며칠 동안 구석에 방치되었다가 스티글리츠Alfred Stieglitz의 '219 화랑'으로 옮겨졌으며, 뒤샹의 부탁으로 찍은 사진이 『맹인』에 게재되었다. 뒤샹과 여러 시간 「샘」을 두고 토의한 끝에, 스티글리츠는 변기 사진을 찍을 때 의도적으로 불상이 연상되도록 마스던 하틀리Marsden Hartley의 그림을 배경으로 넣고 음영 효과를 강조했다. 이에 뒤샹은 『맹인』에다 "왜 아무런 공개적인 논의도 없이 「샘」을 전시장에서 배제했느냐, 이 조각품이 부도덕하다는 근거는 무엇이냐"라고 따졌다. 뒤샹의 친구 노턴은 그의 항의 글 아래 「욕실의 부처」란 제목으로, 단순하고 정결하며 사랑스러운 부처의 형상을 하고 있다고 「샘」을 치켜세웠다. 뉴욕 화단에서는 「샘」을 두고, '단순한

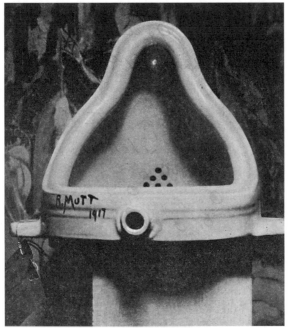

Marcel Duchamp, *An inexact Fountain replica*, 1917,
Scottish National Gallery of Modern Art.

기성품이다' '기계문명이란 우상파괴의 도전이다'라는 찬반양론이 들끓었다.

'기성품 예술'이 화단에 크게 부각된 1960년대에 이르러서야 「샘」은 현대미술의 선구적 업적으로 대접받으며 찬연히 부활했다. 뒤샹이 비로소 그 명예를 되찾았으니, 그는 시각·조형 예술의 미래를 두고 최소한 50년을 앞서 내다본 안목이 있었고, 오늘의 모든 전위예술이 기성품 변기로부터 출발했음이 별 틀린 말이 아니다.

변기에 푸른 사인이 들어가기 다섯 해 전인 1912년, 항공 공학 박람회를 관람한 뒤 뒤샹이 친구인 조각가 브랑쿠시Constantin Brancusi에게 "회화는 이제 끝났어. 누가 저 프로펠러보다 더 멋진 걸 만들어낼 수 있겠어? 자네라면 할 수 있겠나?"라고 말하며, 조만간 기성품이 미술 안으로 침투해올 것이며 내가 이를 시도하겠다고 예측한 '뒤샹의 신화'는 그의 살아생전 현실로 실현되었다.

그동안 「샘」의 의의에 대해 수많은 글이 쏟아져 나왔다. 아마추어 안목으로 이 기성품을 예술 작품으로 감상하자면, 부처의 실루엣도 떠오르지만 묘하게도 둥그스레한 여자의 엉덩이가 연상된다. 그 연상은 실용성 면에서 남자용 변기는 물론 여자용 변기로도 어울리며, 변기에 달린 비데처럼 분수를 쏠 것만 같은 느낌이 든다(변기의 정식 제목은 'Fountain'으로 「분수」이다). 이런 성적 연상은 뒤샹이 주도한 '뉴욕 다다dada'와도 잘 어울린다.

다다 패거리는 스티글리츠의 '219 화랑'이나 아렌스버그의 아파트에 모여 섹스와 오지orgy(난교 파티), 재즈와 술로 밤을 지새웠다. 그 정도로는 성에 차지 않아 빌리지에 기식하며 거지 생활을 하거나, 알몸인 채로 머리에는 금칠한 채소를 주렁주렁 매달고, 얼굴에는 우표딱지를 붙이고, 목걸이 대신 새가 지저귀는 새장을 목에 걸었다. 뒤샹은 그 무리와 어울려 여장을 하고 거리를 활보했다. 기존의 도덕과 윤리를 깔아뭉갠 거리낌 없는 행위 예술이 성행한 때가 1910년대 중반이었으니, 히피의 시조쯤 된다 하겠다.

상식을 전복한 초현실주의자

마그리트의 「피레네의 성」

바다 위 하늘에 풍선처럼 떠 있는 거대한 바윗덩어리 위의 성城, 그 초현실적인 「피레네의 성」을 처음 보았을 때 나는 그 그림의 화가 이름을 몰랐다. 극사실화라 조작된 사진으로 볼 수도 있는 그림이었다.

　르네 마그리트를 알고 난 뒤, 그의 그림에서 나는 물론이고 많은 시인과 작가가 창작의 영감을 얻었으리라는 추측이 어렵지 않았다. 비평가 김현 사후에 출판된, 마그리트의 그림 표제와 그림을 그대로 따온 『이것은 파이프가 아니다』에서도 보여주듯, 화가는 파이프를 카메라로 찍은 듯 그려놓고 스스로 파이프가 아니라는 글귀까지 그림 속에 엄숙하게 써 넣었다. 그 그림을 보는 이는 먼저, '파이프를 파이프가 아니라고 우기다니' 하고 상식선에서 놀라다가, 화가의 엉뚱한 발상을 고려하여 그 진정한 의미를 캐기 위해 온갖 상상력을 동원할 것이다. 그러나 실제 그것은 화폭 위의 물감칠이며, 담배를 넣고 불을 붙일 수 있는 파이프 그 자체가 아니다. 그렇게 그의 초현실주의 기법은 먼저 우리의 고정관념을 깨부수는 데서 출발한다.

　피레네는 프랑스와 스페인을 나누는 경계가 되는 산맥이다.

험준한 산속에는 중세에 세워진 고성古城이 있게 마련이다. 고성이 있는 암산 한 덩어리를 타원형으로 쪼개어 옮겨와 대서양, 아니면 지중해 위에 띄워놓았다. 보는 이는 거대한 바위가 하늘에 떠 있을 수 있다니 하며 놀라다가, 그 가공할 바위 성채가 바닥에 떨어질까 봐 조마조마할 수밖에 없다.

현실적으로 전혀 가능하지 않은 영상 이미지가 우리의 상식을 깨뜨리며 다음 차원의 상상적 공간으로 이끈다. 현실에서 도피하고 싶은 사람은 그런 성안에서의 유폐된 삶을 꿈꾸고, 더러는 풍선처럼 가벼운 암석을 타고 우주 공간으로 떠나고 싶은 충동을 느끼기도 할 것이다. 아니면 카프카의 소설『성』을 연상할 수도 있다. 주인공 K처럼 들어가려야 들어갈 수 없는 유폐된 성이다. 삶이 늘 불안한 사람은 그 그림을 본 뒤, 암산이 떨어져 깊은 바다 아래로 잠기고 성채에 살던 자신은 용궁에서 인어들과 함께 생활하거나 성안에 살던 사람들과 함께 질식해 죽는 꿈을 꿀 수도 있다.

세기말인 1898년에 벨기에에서 태어난 마그리트는 브뤼셀 왕립미술아카데미를 졸업하고 한동안 큐비즘의 영향을 받았다가 1926년에 파리로 진출, 시인 엘뤼아르 등과 친교를 맺으며 초현실주의 운동에 적극 참가했다. 그는 달리와 같은 다른 초현실주의 화가들과 달리 환상성, 기괴성을 추구하지 않았다. 그는 평소 우리에게 익숙한 사물에 엉뚱한 다른 사물을 병치·조합·전환시킨다. 상식의 전복을 통해 기존의 의사소통 체계를 거부하

René Magritte, *The Castle of the Pyrenees*, 1959,
The Israel Museum, Jerusalem.

고 말과 사물, 언어와 사고 사이의 의미 관계를 뒤집는다. 「빛의 제국」(1954)에서는 하늘은 낮인데 집과 정원은 밤 풍경을, 「대가족」(1963)에서는 바다 위의 밤하늘을 나는 큰 새를 통해 구름 흐르는 낮을 표현한 이미지의 이중성을 보여주고, 바다 위에 떠 있는 성채 「피레네의 성」 역시 우리에게 익숙한 사물과 사물의 병치·조합을 통해 기성관념의 속박으로부터 전복을 시도한다.

이 '전복자'는 현실의 고정관념, 권위, 질서에 맞서 '현실 배후에 감추어진 아주 다른 현실'로 끊임없이 전복을 시도한다. 이 율배반적인 상상력의 세계를 통해 무한대의 초현실 상징 세계로 전이시킨다. 보이지 않는 세계를 보여주기, 있을 수 없는 현실을 있게 하는 이면성, 현실과 비현실의 공존은 마그리트가 창조해낸 새로운 화면 공간이다.

신문이나 텔레비전 광고, 옥외 영상 선전물을 보면 '마그리트 수법'이라 일컬을 만한 많은 이미지와 만난다. 멀티미디어를 통한 사이버 공간은 이미지의 합성과 변조를 통해 무한대의 영상 세계를 창조해낸다. 낯설게 하기를 통한 시선 끌기, 그 기발한 착상의 원류를 좇아가면 초현실주의 화가 마그리트를 만난다. 그런 의미에서 마그리트는 초현실주의자이며 상징주의자였다.

생성의 비밀을 푸는 환영幻影

달리의 「해변에 나타난 얼굴과 과일 그릇의 환영」

나는 꿈을 자주 꾸지 않는다. 더러 꾸는 꿈도 말 그대로 개꿈이다. 그런데 유년 시절에 꾸었던 꿈 하나는 지금까지 영 잊히지 않는다. 밀레의 「이삭 줍는 여인들」(1857)이 마루에 걸려 있던 고향집에서 꾼 꿈이다. 당시 집안 분위기는 숨조차 제대로 못 쉴 정도로 무거웠고, 어머니가 동생을 막 낳았을 무렵에 꾼 꿈이니 내 나이 아마 다섯 살쯤이었을 것이다. 내게는 최초로 기억되는 꿈이기도 하다.

끔찍한 꿈이었다. 밤중에 잠이 들었는데 눈을 뜨니 새끼줄로 엮어 꼰 멍석 같은 것이 천장을 덮고 있었다. 자세히 보니 천장의 멍석에서 무언가 꼼지락거리며 움직였다. 수천 마리의 지렁이가 온통 천장 멍석에 서로 엉겨 붙어 요동을 치는 게 아닌가. 지렁이는 서로 엉기다 천장에서 툭툭 떨어졌다. 내 얼굴과 이불 위에도 떨어졌다. 너무 징그럽고 놀라 얼굴을 손으로 훑으니 지렁이가 뭉개져 금방 피가 튀었다. 나는 잠 속에서 헐떡거리며 고함을 질렀을 것이다. 누군가가 나를 깨워, 겨우 가위눌림에서 벗어나 눈을 뜰 수 있었다. 악몽에서 깨어나니 몸이 땀에 흠뻑 젖어 있었다.

성년이 된 뒤에도 그 꿈이 떠오르면 모골이 송연해졌다. 유아기에 왜 그런 끔찍한 꿈을 꾸었을까. 그즈음 매타작을 당해 피투성이가 된 채 가마니 들것에 실려 지서에서 나오던 어머니와, 동생을 낳는 방에서 어머니가 뒷박으로 쏟던 피를 보았던 게 잠재의식 속에 남아 있다가 그런 끔찍한 꿈으로 재현된 게 아닐까. 프로이트의 꿈의 해석에 따르자면 전의식前意識의 재현쯤 될 것이다.

살바도르 달리의 화집을 들출 때, 나는 마치 나의 전의식과 마주하듯 어릴 적 그 끔찍한 꿈을 떠올렸다. 달리가 가톨릭에 심취한 말년에 밀레의 「만종」(1857~1859)에 등장하는 기도하는 여인을 변용해 그린 점묘화를 보고, 내 유년기 옛집에 걸렸던 밀레의 그림과 오버랩되었으니, 그때 꾼 악몽과 더불어 우연의 일치치곤 이상한 인연이다 싶었다. 달리와 나는 전생에 어떤 인연이 있지 않았을까 하는 생각으로 비약하기까지 했다.

하지만 무의식 세계 속에서라도 달리와 나의 소통 관계는 이루어질 수 없다. 내가 그를 알게 된 때는 성년이 된 뒤고, 그는 지구 반대편에 있는 스페인 출신이다. 나는 자폐증의 소년기를 보냈지만 그는 야생마 같은 문제아였다. 나는 한참 늦된 미숙아였지만 그는 학교에서조차 퇴학당한 조숙한 악동이었다. 그의 조숙성이 천재성과 통하여 15세에 그는 고흐의 필치와 유사한 「아틀리에의 자화상」(1919)을 그렸다.

초현실주의의 충실한 실천자로서 달리의 그림이 대체로 그렇지만,「해변에 나타난 얼굴과 과일 그릇의 환영」도 기괴한 신비로 가득 찬 그림이다. 그의 그림은 감상자의 상상력을 무한대로 끌고 다닌다.

우선 이 그림에서는 지구의 생성을 읽을 수 있다. 황량한 먼바다는 태초의 정적에 싸여 있다. 오른쪽으로 노아의 방주 같은 둥근 테두리 안에 언덕이 실렸고, 격랑의 황톳물이 빙하로 섞여든다. 화면 아래로 내려오면 목축 시대를 거쳐, 군집 생활의 주거 형태가 드러난다. 기원전 이 땅은 기아와 빈곤이 방치된 무질서한 세계임을 드러내 보인다. 화면 가운데로 옮겨오면서 삶의 여건이 차츰 개선된 듯 벽돌집 옆으로 아름다운 여체가 엿보이고, 살이 통통한 어린아이가 땅바닥에 누워 있다. 화면 왼쪽은 매머드의 엉덩이를 보듯 덩치 큰 짐승의 윤곽을 볼 수 있다.

그러나 이 그림의 핵심은 전면 중앙 흰 탁자 위에 놓인 거대한 그릇에 있다. 그릇에는 누워 있는 털북숭이 개가 담겼고, 그릇 아래쪽이 코와 턱으로 형태가 변용되어 있다. 그러므로 고둥 껍데기와 누워 있는 아기 머리가 두 눈 구실을 하여 그릇은 얼굴의 형상을 만든다. 전체적인 그림 속에 또 다른 그림으로서 얼굴이 존재하는 셈이다. 탁자에는 물고기 한 마리, 새끼줄과 머플러가 놓였다. 두 개의 은빛 구슬도 보인다. 여기저기 조개와 고둥 껍데기가 있는 것으로 보아 그 구슬은 진주일 것이다.

꿈속에서 우리는 때때로 현실에서 볼 수 없는 이런 가상현실을 만난다. 대과거에서 미래에 이르기까지 시간을 초월하여

Salvador Dalí, *Apparition of a Face and Fruit Dish on a Beach*, 1938,
Wadsworth Atheneum, Hartford, Connecticut.

의식이 자유로이 넘나든다. 달리가 시간성이 뒤섞인 꿈속의 현실을 극사실로 그렸듯, 허황한 꿈의 세계 역시 너무 분명하고 선명한 인상으로 비치기에 우리 의식은 정지 상태로 잠을 자면서도 가상현실을 실제 현실로 착각한다. 좋은 일로 즐거워하고, 모험에 휘말려 애간장을 태우고, 카프카 소설이라도 읽은 날에는 우연찮은 송사에 휘말려 불안해하며, 사춘기에는 여체를 만나 너무 흥분한 나머지 몽정을 한다.

프로이트 이전의 학자들은 꿈을 통해 재현되는 무의식의 세계를 별로 주목하지 않았다. 프로이트가 이를 정신분석학에 응용하며 과학적인 체계로 이론화했다. 인간의 내면 깊숙이 무의식 속에 스며 있는 유아성·야만성·성적 욕망이 우리의 현재 행동을 지배한다는 그의 이론은 곧 초현실주의 예술에 적용되었고, 영리한 달리가 이를 재빨리 소화하여 기상천외한 가상공간을 극사실 묘사로 재현해냈다. 카이제르 수염을 기르고 다니던 그는 잠수복 차림으로 강연을 하는가 하면, 엄청난 크기의 흰 알에서 나와 인터뷰를 하는 등 기상천외한 행동으로 매스컴에 오르내리기도 했다.

달리는 「해변에 나타난 얼굴과 과일 그릇의 환영」을 많은 밑그림을 거치는 명확한 구상 아래 그리지 않았을는지도 모른다. 화필이 자신의 의식 안에 누워 있는 무의식의 세계를 자유자재로 따라가는 과정을 통해 생성의 신비를 풀어보려 했을 것이다. 조개가 진주를 만드는 고통처럼, 지구의 생성은 물론 인간의 역사는 길고 긴 고난의 미로였다. 달리는 그 신비의 과정을 풀어놓았다. 그럼 살짝 엿보이는 여체와 개는 무엇을 뜻하는가. 그림을 그리는 화가의 무의식 속에 똬리 틀고 있는 성性의 비밀을 엿보는 느낌이다. 달리야말로 평생 스캔들을 몰고 다닌 피에로였다.

4부

———

자연,
이상향

이발관 그림의 대중적 인기
밀레의 「이삭 줍는 여인들」

내가 태어난 집은 아니지만 해방 후 서너 살 때부터 일곱 살 때까지 살았던 읍내 장터거리 공동 우물터 옆집은, 그동안 내가 몸 담아 살았던 많은 집 중에 첫 기억으로 남아 있는 우리 집으로, 단편 「어둠의 혼」, 장편 『불의 제전』에서 주인공의 배경이기도 하다. 스무 평 정도의 마당에는 담장 따라 꽃밭이 있고, 꽃밭 가운데 서 있던 석류나무 한 그루가 기억에 남아 있다. 방 두 개, 부엌 하나 딸린, 축대가 높이 앉아 있던 삼간초가였다.

밥상 받을 만한 마루가 딸린 큰방 방문 위의 벽에는 장-프랑수아 밀레의 「이삭 줍는 여인들」 복사판 그림이 액자에 걸려 있었다. 1970년대까지 한국 시골집이면 흔하게 볼 수 있던 가족사진틀은 걸려 있지 않았다. 아버지의 젊은 시절과 어머니의 처녀 적 사진이 지금도 남아 있음을 볼 때, 당시 개명된 집안인데도 왜 가족사진틀이 걸려 있지 않았는지 성년에 들어서야 수긍이 갔다. 해방 후 아버지가 경남 도민청부위원장을 거쳐 남로당 도당부위원장으로 동분서주 지하활동을 하며 경찰에 쫓기던 시절이라, 당신 얼굴이 들어간 사진을 남 보란 듯 버젓이 내걸 수 없었을 것이다.

「이삭 줍는 여인들」은, 마산상업학교를 졸업한 후 금융조합 서기직을 몇 해 만에 집어치우곤 공부를 더 하겠다며 일본 도쿄로 나다니던 아버지가 타지에서 구해와 액자로 만들어 걸어놓았음이 틀림없었다. 이념주의자 성향이 대체로 그렇듯, 아버지는 문학과 예술에 조예가 깊은 낭만주의자였다.

우리 집안은 농사를 짓지 않았지만, 농촌 공동체 사회의 전통을 오래 지켜온 우리네 살림살이에 밀레의 그림은 친숙할 수밖에 없고, 그의 「이삭 줍는 여인들」이나 「만종」이 특히 사랑을 받아 '이발관 그림'의 단골 품목이 되었다. 밀레에 대한 친근감은 파리 오르세 미술관에서 「이삭 줍는 여인들」을 마주했을 때, 옛집 벽에 걸렸던 그 그림과 어린 시절의 아픈 기억을 떠올려주었다. 선잠 깬 내가 놀랐듯, 오밤중에 집으로 숨어든 아버지를 체포하러 순경들이 구둣발째 방문을 벌컥 열어젖혔을 때 그림 속의 여인네들도 겁먹어 놀랐을 것이다.

지서와 민청의 들볶임으로 우리 가족은 고향에서 더 견뎌낼 수 없어, 1949년 이른 봄 우물터 옆집을 처분하고 서울로 솔가했다. 그러나 이듬해 6월, 전쟁을 만났다. 그해 10월 하순, 피란민 신세로 다시 낙향한 내가 대구에 정착한 가족과 떨어져 고향의 주막집에 얹혀 지내기 전 토방 하나를 빌려 할머니와 살 때, 그림 속의 여인네들처럼 추수 끝난 들녘에서 썩어가는 벼 이삭을 주워 와 감자나 고구마를 섞어 시래기죽을 끓여 먹으며 전쟁 와중에 허기진 한 시절을 넘기기도 했다.

Jean–François Millet, *The Gleaners*, 1857, Musée d'Orsay, Paris.

「이삭 줍는 여인들」은 밀레가 파리 교외 바르비종에 정착하여 몸소 농사를 지으며, 그곳 농민들의 고단한 삶을 진지하게 관찰한 끝에 얻은 성과물이다. 『구약성경』에 나오는 아름다운 이방 여인 룻은 남편이 죽은 뒤에도 친정으로 돌아가지 않고 이삭을 주워 병든 시어머니 나오미를 지성으로 섬겼는데, 그림 속의 여인들이야말로 룻의 후예들이다. 여기에 밀레의 종교적 심성이 은근하게 드러나 있다.

고교 시절 나는 특별활동으로 미술반에 적을 두었다. 미술 선생은 그림의 구도를 두고 밀레의 「이삭 줍는 여인들」을 예로 들었다. "이삭 줍는 세 여인을 나란히 세우면 밋밋하잖니. 그래서 화면에 동적 긴장감을 주기 위해 세 여인을 대각선으로 배치했는데, 오른쪽 엉거주춤 구부리고 있는 여인이 크게 부각되다 보니 전체적인 비중이 오른쪽으로 쏠리게 되지. 그 균형을 잡아주는 게 등에 한 손을 얹고 이삭을 줍는 왼쪽 여인 뒤의 짚가리를 잔뜩 실은 마차와 건초더미다." 듣고 보니 선생 말씀이 그럴듯했고, 앞쪽의 암갈색 처리에서 세 여인 뒤로 점점 가벼워지는 갈색 톤을 두고 선생이 원근법의 색 처리를 설명할 때도 머리가 끄덕거려졌다.

밀레 이전의 농민화가 농민의 생활상을 희화화하여 익살 섞어 우스꽝스럽게 묘사했다면, 밀레는 농민들의 노동과 휴식을 애정 어린 시선으로 관찰하여 진지하고 엄숙하게 그린 첫번째 농민화가였다. 「이삭 줍는 여인들」의 세 여인은 햇볕 좋은 대지를 배경으로 그저 열심히 일에 열중하고 있을 뿐이다. 튼튼한 체격과 신중한 움직임이 전형적인 농촌 아낙의 품위를 느끼게 한다.

밀레의 바르비종 시절, 그의 그림은 '그저 그런 농민화'로 취급되어 화단의 주목을 받지 못하고 판매도 시원찮았다. 그의 생활은 무척 가난했으나, 성실하게 농민의 일상을 몸소 체험하며 자신의 작품 세계를 묵묵히 밀고 나갔다. 독창성이 떨어지면 보편성은 있는 법이고, 자기가 목표로 하는 지향점을 향해 성실하게 인내하다 보면 그 고집을 알아주는 햇빛도 찾아드는 게 세상살이의 이치다.

말년에 이르러서야 밀레의 진지한 농민 생활상의 재현, 목가적인 서정성, 종교적인 정감이 대중으로부터 폭발적인 사랑을 받게 되었다. 그의 그림과 이름은 국경을 넘어 세계로 퍼져 나갔고 인기 또한 당대 어느 화가에 못지않은 반석에 올랐다.

추억과 만난 여름밤의 바닷가

호머의 「여름밤」

바다와 그리 멀지 않은 남도 지방에서 태어났으나, 내가 바다를 처음 보기는 1959년 고등학교 3학년 겨울방학 때다. 외가가 있던 울산으로 놀러 간 길에 당시로서는 읍내만 벗어나면 갈대가 무성했던 태화강 방죽길을 따라 혼자 시오 리는 좋이 걸어 처음으로 장엄한 겨울 바다를 보았다. 추위에 떨며 언덕에 앉아 시퍼런 파도가 밀려들어 바위를 치는 포말을 오랫동안 바라보며, 내성적이었던 나는 내게 부족한 남성적인 힘, 격정 따위를 생각했다. 바람이 센 날이라 물결이 높았다.

두번째 바다를 본 것은 이듬해 대학 1학년 여름방학 때다. 고교 동창 셋과 포항에서 구룡포를 거쳐 장기곶 대보로, 대보에서 고깃배를 타고 영일만을 돌아 흥해를 거치는 열흘간의 배낭여행을 했다. 구룡포에서 대보로 해안 따라 20리 밤길을 걸을 때는 달이 좋았다. 마침 그 지방 징병 소집일을 앞둬선지, 마을마다 군 입대자 송별연을 벌여 술을 얻어먹고 그들의 놀이판도 구경할 수 있었다. 달빛 아래 막걸리 통을 갖다 놓고 바닷가 모래톱에서 춤추고 노는 어민들의 신명이 즐겁고 서러웠다. 전쟁이 끝난 지 몇 해가 흘렀건만, 군대라는 사지死地로 자식을 보내는 듯하여 아낙네들은 지화자를 부르면서도 머릿수건으로 연방 눈물을 닦았다. 달빛 아래 수면 잔잔한 밤바다는 막막하게 누웠는데, 장구 소리, 꽹과리 소리가 달빛 내려앉은 그 짙푸른 비단 폭 위에 자디잘게 뿌려지고 있었다.

원즐로 호머의 「여름밤」을 보았을 때 문득 4·19혁명이 있은 그해 여름에 보았던 동해 밤바다의 송별연이 떠올랐다.

교교한 달빛 아래 바다는 잠잠하다. 바위에 부딪히는 물결이 비늘처럼 번쩍이는데, 몇 사람의 실루엣이 밤바다를 보고 있다. 화면 가운데 한 쌍의 남녀가 흥겹게 춤을 춘다. 내 눈에는 춤을 추는 남녀가 연인 같아 보이지는 않는다. 머리를 틀어 올린 여인은 뒷모습으로 보아 출산 경험이 있는 아낙네이고, 여인의 뒷목 사이로 얼굴이 보이는, 여인보다 키가 조금 작은 상대 남자는 10대 중반의 소년이다. 살포시 감은 소년의 눈과 입가에는 순진한 미소가 떠돈다. 길게 뻗은 소년의 한 손은 여인의 손을 잡다 잠시 놓쳤고, 다른 손은 여인 어깨에 가볍게 얹었다. 마치 엄마가 여름 밤바다의 낭만에 취해 아들을 리드하며 춤의 즐거움을 가르치는 듯하다.

어느 해 바캉스, 한 가족이 바다를 찾았다. 달빛 밝은 밤, 그들은 바닷가로 산책을 나왔다. 한낮의 노염을 푼 밤바다 바람이 더없이 시원하다. 달빛 좋은 넓은 바다가 비단 폭처럼 펼쳐졌다. 식구들은 모래톱에 벨벳처럼 내려앉아 질펀히 깔린 달빛을 구경한다. '빈 왈츠'를 흥얼거리며 깨금발로 걷던 엄마가 흥에 겨

Winslow Homer, *Summer Night*, 1890, Musée d'Orsay, Paris.

웠던지 갑자기 손을 내밀며, "우리 춤 한번 출까" 하고 아들에게 말한다. 어느덧 엄마만큼 키가 성큼 자란 아들이 엄마의 품에 안긴다. 엄마의 몸에서는 늘 나던 우유 냄새 대신 해초 냄새가 풍긴다. 엄마가 콧소리로 춤곡을 잡고 원무로 아들을 이끈다……

"삶이란 고해苦海다"라는 말이 있지만, 살아온 생을 돌아볼 때 우울과 슬픔의 긴 여로를 거쳐 올 동안 때때로 즐거웠던 한 시절 한순간이 떠오르기 마련이다. 평생을 평범하게 살다 고희를 맞은 노인에게 생애 가장 기뻤던 적을 묻자, 첫 직장에 첫 출근하던 날, 첫아이를 보았을 때, 그 아이를 성례시키던 날이란 말을 들은 적이 있다. 봄날의 낮 꿈 같은 그런 추억을 간직하고 있기에 사람들은 힘든 삶을 견뎌낸다. 그림 속의 소년도 세월이 흘러 성년이 된 뒤 객지로 나와 살다, 몸이 편찮다는 고향에서 온 어머니의 편지나 힘없는 전화 목소리를 들을 때, 어느 해 달빛이 좋던 여름밤 어머니와 바닷가에서 추었던 춤을 떠올릴 것이다. 그 시절만 해도 어머니는 가족의 튼튼한 울타리로서 청무처럼 튼튼했고 젊음의 활기로 넘쳤다.

호머는 미국 보스턴 출신이다. 처음에는 주간지에 목판화 일러스트를 기고했으나 남북전쟁 때 북군으로 종군, 유화로 전향하여 전쟁 그림을 그렸다. 삽화로 훈련된 그의 세밀한 선은 전장의 처절한 분위기와 군인상을 리얼하게 잡아냈다. 1870년대 후반에는 북해에 면한 영국 북동부 타인머스에서 이태에 걸쳐 북해의 험한 파도와 맞서는 고독한 생활을 견뎌내기도 했다. 호머는 거기에서 얻은 영감으로 1880년대 초부터 대자연의 힘과 인간의 대비에 초점을 둔 그림을 그리기 시작했고, 1882년 귀국 후 메인주 프라우츠넥에 틀어박혀 바다를 주제로 한 많은 수작을 그렸다. 여러 유파가 화려하게 미술계를 장식하던 당시 유럽 화단의 영향을 그의 그림에서는 찾아볼 수 없다.

「여름밤」또한 바다 시리즈의 연장선상에서 그려졌으며, 대자연 속에서의 삶의 소박한 행복, 그 한 장면의 정겨움을 보여주고 있다. 파리 오르세 미술관이 매입해서, 이 그림은 대서양을 건넜다.

야생의 자연 속에 불사른 열정

고갱의 「하얀 말」

지금도 다락 어딘가에 먼지를 쓴 채 박혀 있겠지만, 소설책 크기의 복사판 그림인 폴 고갱의 「하얀 말」이 액자에 끼워져 내 청년 시절부터 오랫동안 우리 집 서재에 걸려 있었다. 젊어서 죽은 막냇동생이 그림을 좋아했기에 루오나 고흐의 복사판 그림을 더러 액자화했는데, 「하얀 말」도 그중 하나일 것이다.

고갱이란 화가와 관련 있는 지역이 어디냐고 퀴즈를 낸다면, 사람들 대부분은 그의 삶과 예술의 고향이라 할 수 있는 남태평양의 타히티섬을 먼저 떠올릴 것이다. 그러나 내겐 젊은 시절에 읽은 서머싯 몸의 소설 『달과 6펜스』가 먼저 떠오른다.

처자가 있는 착실한 중산층으로 주식 중개인이던 스트릭랜드가 40대에 돌연 무엇에 홀린 듯 화상畵商으로 변신하더니 늦은 나이에 화가를 지망, 남태평양 타히티섬으로 건너가 문둥병에 걸렸으나 미친 듯 강렬한 원색조의 그림을 그리다 가난, 고독, 병마로 그곳에서 죽는다는 내용이다. 서머싯 몸이 고갱의 생애에서 힌트를 얻어 쓴 이 소설은 예술가의 열정, 고독, 가난을 육화했는데, 소설은 우선 재미있어야 한다는 몸의 지론대로 흥미진진한 플롯이 일품이다. 야생마 같은 스트릭랜드의 극적인 생애야말로 고갱의 생애를 그대로 복사했고, 그 소설의 인상은 내게 늘 고갱 그림과 함께했다.

「하얀 말」의 첫인상은 태곳적의 신비가 감도는 정적, 그 침묵의 고요한 세계다. 하얀 말이라기보다 푸른 말이라 해야 좋을 고대 로마의 조각 같은 말 한 마리가 한가롭게 물을 먹고 있는 배경에는 원시림의 나뭇가지가 휘어졌고, 목욕을 마치고 돌아가는 붉은 말을 탄 타히티 소년의 벗은 뒷모습이 보인다. 그림을 보는 이는 타임캡슐로 꾸며놓은 태고의 방으로 들어선 듯한 기분이다. 그윽한 적요, 생명의 신비는 화면 전체를 압도하는 초록과 군청색 색조에서 우러나오고, 그 색조는 인간에 의해 훼손되거나 가꾸어지지 않은 원시 그대로의 자연 상태를 보여주기 때문이다. 말과 사람까지 자연의 한 부분으로, 역사시대 이전의 공간을 재현하고 있다. 인간이 문명화된 이후 갖게 된 모든 욕망과 허위와 가식이 일절 배제된 탈욕脫慾의 현장, 그 순수한 세계이다.

고갱은 17세에 견습 도선사가 되어 상선을 탔으나, 6년 뒤어머니의 사망 소식을 듣고 이듬해 선원 생활을 그만두었다. 그해 파리로 돌아와 증권거래소 중개인으로 취직하고, 1873년 덴마크 태생의 메테 소피 가트Mette Sophie Gad와 결혼하면서 생활이 윤택해졌다. 그즈음부터 인상파 미술에 관심을 가져 그들 작품을 수집하고, 일요일마다 회화연구소에 다니며 본격적으로 그림을 배우기 시작했다.

고갱은 1883년 35세에 안정된 직업인 증권거래소를 그만두

Paul Gauguin, *The white horse*, 1898, Musée d'Orsay, Paris.

고, 드디어 소원하던 그림에만 전념하기로 결심했다. 토마스 만이 일생 추구한 인성의 두 부류 '시민성'과 '예술성'을 끌어들여 말한다면, 갈등 끝에 삶의 키를 예술성으로 돌린 결단이었다. 그 길은 행복이 보장된 평탄하고 세속적 길이 아닌, 고난을 각오하고 선택한 가시밭길이었다. 생활이 어려워질 수밖에 없었고 아내와 불화가 잦았다. 그는 가정을 버리고 방랑자로 나섰으며, 인상파 화가들과 어울려 여기저기 떠돌며 그림을 그렸다. 그는 차츰 인상파의 외광 묘사를 버리고 그 특유의 장식적인 화법으로 원근법을 무시한, 과감한 원색 도입을 구사하기 시작했다. 도시 생활에 지친 그가 처음 남대서양 마르티니크섬으로 여행을 떠난 때가 1887년으로, 그 이듬해 파리로 돌아왔다. 남프랑스 아를에서 고흐와 잠시 같이 지내다가, 문명 세계에 대한 혐오감으로 마침내 남태평양 타히티섬으로 떠난 것이 1891년이었다.

나는 평화롭게 살기 위해, 문명의 퇴각을 벗겨내기 위해 떠나려 합니다. 나는 아주 소박한 예술을 하고 싶습니다. 그러려면 오염되지 않은 자연 속에서 나를 새롭게 바꾸고 오직 야생의 원주민들이 사는 대로 나도 그렇게 살면서, 마음에 떠오르는 대상을 어린아이처럼 전달하겠다는 관심뿐입니다. 이를 나는 원시적인 표현으로 전달할 수밖에 없고, 그 점만이 올바르고 참된 방법입니다.

고갱이 원시의 자연을 찾아 타히티섬으로 떠나며 기자들에게 남긴 이 말은, 오늘의 자연 남획, 환경오염, 탐욕의 이기주의 시대를 예견한 경종의 선언이다.

갯내 풍기는 거구의 사내, 거칠고 불같은 성격, 한편으로 우스꽝스러운 행동에 수줍음을 잘 탔던 고갱은 전설적 인물 헤라클레스를 연상시킨다. 그는 자신의 그런 외모와 성격을 중년에 들어서야 삶과 일치시키고, 이를 자신이 추구한 예술까지 합쳐 삼위일체를 이룬 흔치 않은 화가다.

떠나온 고향 정경, 추억 속의 유대 마을

샤갈의 「나와 마을」

마르크 샤갈은 동시대의 어느 화가보다 축복받은 생애를 살다 간 화가이다. 치매나 난치병으로 오래 앓다 죽으면 장수했다는 말이 덕담이 될 수 없다. 숨 거두는 그날까지 건강한 상태로 자기 일을 계속할 수 있어야 노년의 행복한 축복이다. 그런 의미에서 샤갈은 98세까지 장수했고, 세계인이 보내는 존경의 꽃다발에 파묻혀 말년까지 줄기차게 그림을 그렸다.

샤갈은 러시아의 벽지인, 폴란드 접경의 작은 마을 비텝스크 유대인촌에서 가난한 행상인의 아들로 태어났다. 그는 1907년 상트페테르부르크로 나가 그림 공부를 할 수 있었고, 3년 뒤 23세에 한 후원자의 지원을 받아 운 좋게 파리로 그림 공부를 떠났다. 몽파르나스의 '라 뤼슈'(벌집)에서 4년에 걸쳐 머무는 동안, 당대의 쟁쟁한 많은 예술가를 사귀며 '에콜 드 파리'의 일원이 되었다. 제1차 세계대전 때는 고향에서 탈 없이 보내고, 1915년 그의 생애에 큰 영향을 끼친 양처 벨라 로젠펠트Bella Rosenfeld를 만나 결혼했다. 1917년 볼셰비키 11월 혁명 때는 그 광란의 와중에 휩쓸리지 않고 고향에서 미술학교 창설에 전념하는가 하면, 1939년 제2차 세계대전이 발발하자 미국으로 도피하여 이어 불어닥친 나치스의 유대인 학살 참상 속에서 온전할 수 있었다.

전쟁이 종식되고 1948년, 샤갈은 청년기의 한때를 보낸 파리로 이주했다. 1950년 기후 좋은 남프랑스 방스에 정착했을 때, 샤갈은 이미 20세기 미술의 거장으로 세계적 명성을 얻고 있었다. 1966년 생폴드방스로 거처를 옮겨 죽을 때까지 그곳에서 세계인의 흠모를 받으며 조용히 살았고, 생존 작가로서는 최고 영예인 루브르 미술관에 자기 작품이 걸리는 영광을 지켜볼 수 있었다. 가혹한 운명의 손에 전 생애를 농락당한 고흐에 비해, 샤갈의 생애에는 행운의 여신이 늘 함께했다.

샤갈의 그림이 순수한 동심의 세계로 일관했듯 죽을 때까지 어린이의 영혼을 그대로 간직하여 '90세의 소년'으로 불렸기에, 신은 그의 머리에 살아생전 금 면류관을 씌우고 장수의 축복을 내렸을까. 나는 운명론자가 아니지만, 때때로 운명론을 믿지 않을 수 없다. 러시아의 변방 궁벽한 시골 출신에 유대계 행상인의 아들로 태어난 샤갈의 생애를 보면, 신은 마치 샤갈의 순백한 마음을 이미 알고 있었던 듯 특별한 은총을 내렸음을 보게 된다.

「나와 마을」은 샤갈이 조국을 떠나 파리로 나온 이듬해에 그린 그림으로, 큐비즘의 영향이 보이지만 신비한 환상성, 화려한 색채감은 동시대 다른 화가와 구별되는 그만의 뚜렷한 개성을 보여준다. 그는 당시 파리 미술계의 여러 실험적인 작법을 익혔지만, 거기에 휩쓸리지 않고 '러시아의 유대인 출신'이라는 고유의 민속성으로 회귀했다. 그러나 상트페테르부르크 미술학교

Marc Chagall, *I and the Village*, 1911, Museum of Modern Art, New York.

시절 고향 마을의 흥겨운 유대인 결혼식 거리 행진 장면을 그린 「결혼」(1909)과 비교하면 기법과 색채감에서 확연한 차이를 볼 수 있으니, 파리 유학이 가져다준 개안開眼인 셈이다.

「나와 마을」을 보면, 기억에 오래 남은 아름다운 영화 「지붕 위의 바이올린」의 유대인 마을 정경이 떠오른다. 오랜 역사에도 변함없이 자기네만의 종교적 관습과 공동체 사회를 보존·유지 한 유대인 공동체 생활의 따뜻함이 정겹게 다가온다. 성장하여 유년기와 소년기를 보낸 고향을 떠나면 꿈으로 찾아오는 향수까 지 마음을 저미거늘, 러시아 벽촌에서 파리로 나온 젊은 예술가 야 오죽했으랴.

「나와 마을」은 비텝스크의 향수가 시정詩情 넘치게 표현되 어 있다. 성서적인 선한 양과 십자가를 목에 건 유대 남자를 모 티프로, 암소 젖을 짜는 여인, 밭에 일 나가는 농부, 유대 교회당 과 마을 정경, 사랑의 열매가 달린 나무가 환상적인 동화의 세계 처럼 펼쳐져 있다. 그의 소년기 고향 회상은 암소, 정어리, 식탁 에 모인 친근한 고향 사람 모습 등 그림 곳곳에 등장한다.

샤갈은 평생 자신의 세계를 일관되게 추구했다. 유대교의 『구약성경』이야기, 사랑과 결혼의 행복감, 유랑하는 서커스 가 족, 고향 정경과 풍물을 순진무구한 동심의 눈으로 접근하여 이를 순진한 경이감과 설화적 환상으로 한없이 풀어내, 「생일」(1915) 의 남녀처럼 그 자신이 동심의 물결에 유영遊泳했다.

자유로운 상상력이 창조한 무한대의 공상, 풍부한 색채감각은 보는 이의 마음을 정결하게 순화시키는 힘이 있어, 샤갈은 가장 사랑받는 20세기 화가로 회자된다. 긴 생애 동안 그는 유화 외에도 조각·도자기·석판화·벽화·스테인드글라스·무대 장식에 이르기까지 폭넓게 활동했다.

파리 화단을 들썩인 일본 판화

호쿠사이의 「가나가와 해변의 높은 파도 아래」

일본의 미美는 한마디로 담백한 단순함을 특징으로 한다. 그들이 국보급으로 내세우는 전형적인 일본식 정원 '료안사〔龍安寺〕 정원'이 그렇다. 그 정원에는 나무 한 그루, 풀 한 포기, 연못조차 없다. 둥글게 밭갈이한 모래밭에 몇 개의 수석형 바위를 적당히 배치했을 뿐이다. '우주의 본질을 본다'고 기대했던 나 역시, 이 정도냐 하며 의아해했다. 함께 입장한 서양인 관광객들 역시 고개를 갸우뚱하며 그 정원에서 동양적 적寂의 의미를 캐느라 골몰하는 모습이었다. 어떤 대상이든 심사숙고 의미를 캐다 보면 "산은 산이고 물은 물이다"라는 화두의 참뜻을 깨닫게 되기도 하지만.

일본의 국기 또한 흰 바탕에 태양을 상징하는 진홍색 원이 전부다. 우리 민족에게 백두산 격인 일본인의 성산聖山 후지산도 사철 흰 눈을 쓰고 독뫼로 우뚝 솟아 있다. 높이 3,766미터인 거대한 후지산은 삼각형 상단부에 물결무늬만 그려 넣으면 되는 상징성을 가지며, 그 단순한 모양은 늘 봐도 한결같다.

일본 미술은 한국화가 그래 왔듯 중국의 절대적인 영향 아래 그 흉내 내기를 통해 발전해왔다. 파리에서 일본 미술이 중국

Katsushika Hokusai, *The Underwave off Kanagawa*,
1829 ~ 1833, 기메 국립 아시아 미술관.

의 '주변부 미술'로부터 독립된 독창성을 평가받기는, 1867년 파리에서 열린 만국박람회를 통해서다. 거기에 출품된 '호쿠사이 판화'는 단순 명쾌한 풍자성과 장식성으로 파리 화가들을 놀라게 했다. 그리고 1900년 파리 만국박람회에 출품된 일본의 우키요에 판화는 선풍적인 인기를 끌어, 서구 미술 시장에 일본 붐을 일으키는 원동력이 되었다.

우키요에는 대상을 주관적으로 파악하는 선명한 인상성, 사물을 대담하게 변용시킨 장식성, 설화나 이야기를 끌어들인 상징성, 애틋한 정감을 불러일으키는 감상성, 현실의 극적 우연을 재현한 파격성으로, 당시 파리 인상파 화가들에게 깊은 영향을 주었다. 모네, 고흐, 르누아르, 고갱 등 인상파와 후기인상파 화가들이 그 영향에서 자유롭지 못할 만큼, 그들의 작품 배경에 우키요에 판화가 곧잘 등장한다.

우키요에는 14세기 중엽부터 19세기 말에 걸쳐(무로마치 시대부터 에도 시대까지), 당시 일본 서민 사회의 풍속을 목판화로 재현한 회화의 한 양식이다. 에도 시대 우키요에의 대표적인 화가가 가쓰시카 호쿠사이다. 호쿠사이의 「가나가와 해변의 높은 파도 아래」는 「후지산 36경」 중 한 폭으로 제작된 판화다. 판화 양식에 걸맞은 단순 선명한 색채 구성, 부드러우면서 힘찬 장식적인 선 처리, 가장 일본적인 특성을 간추려 담은 상징성이 압권이다.

나는 이 판화 한 장에서 일본의 전부를 본다. 힘차게 솟구치는 파도의 동적 긴장감과 파도가 삼킬 듯 위태로운 목선에서 한 시도 마음 놓을 수 없는 지진, 태풍, 파도와 싸워온 섬나라 민족의 끈질긴 근성을 보고, 그 파도가 대륙을 가로막기에 어렵게 수입한 문명과 문화를 자기 것으로 독특하게 재창조한 변방국의 지혜를 읽는다. 섬나라 영국이 그렇듯, 일본 또한 바다가 생활 터전인 해양국이고 배를 다루는 솜씨 또한 뛰어나기에 험한 파도와 싸우는 목선의 정경이 이채롭다.

한편 「가나가와 해변의 높은 파도 아래」를 보면 해양 국가로서 끊임없이 대륙 진출의 야망을 불태웠던 섬나라 근성이 엿보인다. 거센 파도를 넘어와 대륙 약탈을 일삼았던 고려 말의 왜구 침입과 조선조의 임진왜란과 정유재란, 동양 제패를 노린 태평양전쟁을 연상시키기도 한다. 파도 너머 한가운데 멀리 보이는 후지산은 어떠한 곤경에도 오뚝이처럼 일어나게 하는 힘의 원천, 곧 야마토 다마시〔大和魂〕의 상징이기도 하다. 파도 위에 솟은 후지산은 흰머리독수리처럼 일본이란 국가의 위용을 과시하고 있다.

1999년 1월, 일본 여행에서 나는 다시 후지산을 가까이에서 볼 수 있는 기회를 가졌다. 현지에서, 비행기 안에서 여러 차례 그 산을 보았건만, 늘 구름에 가렸던 산 정상이 그날따라 겨울 햇살 아래 당당하게 전모를 드러내고 있었다. 일본 판화에서 보듯 역시 담백하고 단순한 산이었다.

해학적인 풍속화, 장터 주막

김홍도의 「주막」

단원檀園 김홍도는 조선조 후기 영·정조대에 활동한 대표적인 화가이다. 그는 산수·도석인물道釋人物·군선群仙·풍속·화조 등 통달하지 않은 분야가 없었고, 그의 스승 강세황은 이 출중한 제자를 두고 "우리나라 금세의 신필神筆"이라 칭송했다. 단원은 도화서 화원으로 영조와 정조의 어진御眞을 그렸고, 임금의 명으로 동해안 금강산 일대를 기행하며 그곳 명승지 진경산수를 그려 바쳤다. 정조가 그를 특별히 총애해 벼슬이 현감에 이르렀다.

단원의 서첩을 보면 자유자재한 수묵의 처리, 묵선墨線의 웅혼한 필력, 부드럽고 온화한 담채淡彩의 투명성, 탁월한 공간 구성 등 어느 화제를 취하든 감탄이 절로 나온다. 말을 타고 가던 선비가 나무에 앉은 꾀꼬리 울음에 문득 고개를 돌리는 「마상청앵도馬上聽鶯圖」(18세기 후반)는 풍류와 시정이 넘치는 그림으로, 그 감각의 탁월성이 놀랍다. 그러나 나는 소설 쓰기가 생업이요, 대저 소설이란 장르가 자신이 몸담고 있는 사회와 사람과 생업을 좇는 게 소임이다 보니, 조선 후기 서민들의 생활과 생업을 해학 섞어 활달하게 그린 단원의 『풍속화첩』에 마음이 더 끌린다.

화첩 중 한 폭으로 그린 장터의 주막 풍경은 나로 하여금 어릴 적 추억과 조우케 한다. 닷새마다 장이 서는 읍내 장터 주변에서 소년기를 보내며 성장한 나로서는 어린 시절 장터 풍경을 잊을 수가 없다. 장날이면 장터 마당 귀퉁이에는 약장수 패의 풍물 소리가 요란했고, 곡마단 패라도 들어오면 그 신나는 트럼펫 소리가 아이들과 처녀들의 넋을 뽑았다. 싸전, 베전, 목기전, 어물전, 잡화전을 돌다 보면 볼거리도 많고 먹거리도 풍성했다. 장날이면 읍내로 들어오는 사통팔달한 길에는 근동 마을 사람들의 장 나들이로 흰옷이 점점이 깔렸다.

어릴 적 보고 듣고 먹은 기억이야말로 평생 앙금처럼 남아 한 인간의 생을 좌우한다. 예술가의 작품을 분석해보면, 그 내면에는 프루스트의 소설처럼 이제는 잃어버린 시간, 어린 시절 앙금으로 남은 추억과 자주 만나게 된다. 내 소설에 시골 장터를 배경으로 장사꾼과 장꾼이 주인공인 작품이 많은 것도 우연이 아니다.

전쟁이 난 1950년 겨울부터 초등학교를 졸업한 1954년 봄까지 나는 고향 장터 마당에서 국밥과 술을 팔던 주막에 얹혀 불목하니로 지냈는데, 그림을 통해 보는 주막의 풍경이야말로 200년 전 단원이 살았던 시대나 내가 소년기를 보낸 당시나 별 변함이 없어, 근대가 얼마나 오랫동안 우리 실생활을 지배해왔나를 짐작할 수 있고 그 후 반세기를 넘길 동안 현대가 광속처럼 빠르게 시속을 변화시켰음을 한눈에 읽을 수 있다. 지금도 시골을 여행하다 아직도 남아 있는 오일장과 맞닥뜨리면, 어릴 적 추억이 또

김홍도, 「주막」, 18세기 말경, 국립중앙박물관.

렷이 살아나는데 그 풍경이 예전 같지 않아 도무지 실감이 나지
않는다.

「주막」은 벽이 없고 지붕과 기둥만 있는 장옥長屋 풍경이다.
장터에는 여러 채 나란히 지은 이런 집을 흔히 볼 수 있는데, 가
가假家라고도 불렀다. 장옥엔 먹거리 중에 햇볕에 약한 어물전이
주로 들어섰고, 한편에는 간이 주막이 자리 잡아 장터에 모인 사
람들에게 음식과 술을 팔았다.

장옥 주막에는 어른 셋에 아이 하나, 등장인물이 넷이다. 장
에 나온 중년 부부와 주모와 주모의 자식이다. 소출한 곡물이나
겨우내 길쌈한 베를 장에서 후한 값으로 팔았는지, 장꾼 부부의
표정이 넉넉하다. 갓쟁이 사내는 국밥 한 그릇을 비우고 배가
그득해 흐뭇한 표정으로 뚝배기의 남은 국물마저 숟가락질하고
있다.

재미있기는 갓쟁이의 처로 보이는 아낙네의 행티다. 곰방대
를 입에 문 것까지는 좋은데, 장에 내다 판 물건의 돈을 자신이
챙겼는지 주머니 풀어 셈을 치르고 있다. 봉급을 온라인으로 아
내 통장에 입금시키는 오늘의 관행에 그 싹수가 보이는 장면이
기도 하다. 저고리 깃 사이로 비어져 나온 늘어진 젖까지 단원은
놓치지 않고 그려 넣었다. 슬하에 사내자식을 네댓 낳은 여인은
남 앞에 젖을 내놓아도 당당하고 자랑스럽다. 장터 한 귀퉁이에
서 행상 떡으로 요기를 한 후, 등에 업은 젖먹이 자식을 앞으로
돌려 안고 큰 젖통이를 치맛말기에서 풀어내어 태연히 젖을 먹

이던 쭝실한 촌부를 나 역시 어린 시절 많이 보았다.

엿장수 가위질 소리에 홀렸는지 사내애가 엄마 등 뒤에서 몇 푼을 달라고 조른다. 국자로 뿌연 막걸리를 사발에 퍼내며 주모는 아들 쪽으로 밉지 않은 눈길을 준다.

거친 필력을 자유자재로 휘둘러 장터 주막의 한 정경을 유감없이 드러낸 풍속화이다. 단원의 사람됨을 그린 글에 따르면, 외모가 수려하고 풍채가 좋았으며 도량 또한 넓고 성격이 활달해 마치 신선과 같았다 하니, 「주막」 정경에서도 소탈한 그의 품격이 배어 있다.

조선조 후기에는 김홍도, 신윤복, 김득신 같은 우수한 풍속화가가 배출되어 동시대의 사람과 생업을 친밀감 있게 표현했고, 동시대의 관습·복식·건축 등 부수적인 자료를 후대에 제공하기도 했는데, 그 전통의 맥이 끊겨버렸는지 이 시대는 예쁘장한 벽걸이용 산수화는 흔해도 해학적인 소박한 풍속화를 자주 접할 수 없음이 유감이다.

5부

시대와
현실

인상주의 탄생을 예고한 기념비적 작품

벨라스케스의 「시녀들(라스 메니나스)」

디에고 벨라스케스는 17세기 스페인의 궁정화가로, 자국에서는 당대에 이름을 떨쳤으나 레오나르도 다빈치, 미켈란젤로, 라파엘로처럼 세계적인 화가의 반열에 올라 회자되지는 않았다. 그런 그가 사망 후 2세기를 뛰어넘은 19세기에 이르러 갑자기 프랑스 화단의 주목을 받고, 인상주의 화가들에 의해 근대미술의 선구자로 올라서게 되었다. 스페인 왕 펠리페 4세(1605~1665)의 총애를 받으며 바로크 군주와 왕실 신하들의 초상화를 그렸던 그가, 인상주의 회화의 길을 연 선구자로 추앙받게 될 줄은 누구도 감히 예측하지 못했다.

신대륙 아메리카와의 무역으로 엄청난 부를 획득한 스페인 세비야 지방 소귀족 가문 출신으로 지방 화가였던 벨라스케스가, 수도 마드리드로 나가 궁정화가로 뽑힌 때는 그의 나이 24세였다. 젊은 펠리페 4세의 군주다운 품위를 초상화로 훌륭하게 재현해내 단번에 왕의 환심을 샀던 것이다. 그로부터 그는 평생 펠리페 4세의 극진한 예우를 받으며 왕족, 신하, 궁정의 어릿광대 등 수많은 초상화를 그려 초상화의 대가로 인정받았다. 한편 하층 계급에도 관심이 많았던 그는 그들의 고단한 모습을 화폭에 담아 그림을 통해 인간 본질의 평등성을 구현하려 노력했다.

스페인이 자랑하는 마드리드의 프라도 미술관에 가면, 벨라스케스의 대작「시녀들」이 전시되어 있다. 스페인이 낳은 기라성 같은 화가들의 수많은 고전주의 그림 중, 유독 이 그림 앞에 관람객들이 몰려 해설자의 열띤 설명에 귀 기울이며 자리를 뜰 줄 모른다. 나 역시 유럽 여행 중 몇 년 차로 프라도 미술관을 두 차례 방문할 기회가 있었는데 처음엔 무심히, 두번째는 「시녀들」의 내력과 가치를 알고 난 뒤 다시 한번 그 그림을 자세히 보기 위해서였다. 미술관에 걸린 그 많은 그림 중 한 점인 이 사실주의 그림이야말로 근대 회화의 시발점이요, '회화의 신학新學'으로 불린 걸작으로 평가받기 때문이다.

벨라스케스의 그림 중 대작으로, 높이만 해도 3미터에 이르는 「시녀들」은 그의 나이 만년인 57세에 그린 그림이다. 처음엔 「가족」이란 이름이 붙여졌듯, 궁전 안에 사는 시녀들과 일단의 가족이 등장하는 일견 평범해 보이는 그림이다. 그러나 이 그림은 화가의 면밀한 의도에 따라 제작된 매우 독창적인 작품으로 많은 수수께끼를 품고 있다. 무엇이 이 작품을 위대하게 만들었는지 따라가보자.

벨라스케스가 살았던 시대는 사진기가 발명되기 훨씬 전이었다. 그러나 이 그림은 궁전 안의 조금은 산만한 방 풍경을 한순간에 잡아내고 있다. 스냅사진의 한 장면처럼 공주(마르가리타 테레사)의 시중을 들고 있는 시녀와 뒤쪽 문으로 막 들어서며 계

Diego Velázquez, *Las Meninas*, 1656, Museo del Prado, Madrid.

단에 한 다리를 걸쳐놓은 시종의 모습이 마치 영화의 한 장면처럼 인상적이다.

이 그림에는 다수의 인물이 등장하는데, 그들은 제각기 다른 곳을 주시하며 흩어져 있다. 모델 자세를 취하고 있는 대여섯 살쯤 되어 보이는 공주가 정중앙에서 시녀의 시중을 받고 있다. 또 한 명의 시녀는 성모마리아를 경배하듯 공주를 보고 있다. 그림 속의 화가는 붓을 든 채 제작 중인 화판을 본다. 화가는 벨라스케스 자신으로, 산티아고 기사단 십자가 문양이 그려진 제복을 입고 있다. 그가 그렇게 원했던 명예와 권위의 상징인 기사단 제복은 왕으로부터 하사받은 것이다(실제 그의 기사단 임명은 1659년으로, 십자가는 나중에 덧붙였을 것으로 추측된다).

화가는 왼편의 거대한 캔버스 앞에 서서 화면 중앙의 어린 공주를 그리는 듯한 자세를 취하고 있다. 통상의 그림이라면 화면 밖에 있어야 할 화가가 '그림'이라는 하나의 거울에 버젓이 존재하며, 공주 뒤편에 있는 그림 속 또 다른 거울에는 국왕 펠리페 4세와 왕비의 모습이 희미하게 드러난다. 그림 속 거울에 비치는 왕과 왕비는 우연히 이 방을 지나치다 잠시 걸음을 멈추고 공주의 초상화 그리는 모습을 바라보는 듯 관람자의 위치로 설정되어 있다.

그림의 앞쪽에는 궁정 난쟁이들과 개를 배치했다. 난쟁이들과 동물을 앞쪽에 당당히 배치한 점, 왕의 실루엣을 화가 뒤쪽에 두었다는 점 등, 벨라스케스의 인간 평등주의가 한눈에 가늠된다. 난쟁이 광대들은 마리바르볼라와 니콜라시토 페르투사토이다. 부르주아들이 모여 파티를 벌이던 호화로운 살롱을 선택하지 않고, 소박한 실내를 배경으로 한 점도 이채롭다.

채광은 덧문을 모두 닫고 오른쪽 앞 큰 창에만 빛이 들어와 인물에게 음영을 주며, 이를 강조하기 위해 천장 높은 상부를 빛이 소멸한 어두움으로 처리했다. 화폭에 잘 드러나지 않는 왕과 왕비의 모습을 거울에 반사되게 하여 처리한 빛의 효과가 이채롭다. 원근법을 보여주는 뒤의 시종 쪽에도 밝음이 있지만, 그 빛은 실내로 들어오지 않고 지나치는 빛일 뿐이다. 「시녀들」은 원근법의 공간 설정과 빛과 색의 신비로운 처리가 절묘하다.

이 그림이 그려진 4년 후, 벨라스케스는 심장마비로 숨을 거둔다. 죽기 직전 왕이 친히 문병을 다녀갔다. 벨라스케스는 산티아고 기사단 제복을 입은 채 땅속에 묻혔다. 그 후부터 펠리페 왕실은 기울기 시작했고, 스페인의 국력도 프랑스와 영국에 밀려났다.

「시녀들」은 알카사르궁의 남쪽 호사스러운 방이 아니라, 펠리페 4세가 궁전에서 빠져나와 조용히 머물던 궁의 북쪽에 걸려 왕의 사랑을 받았다. 그 덕분에 1734년 대화재에서 무사할 수 있었다.

14세에 마드리드를 거쳐 가며 이 그림을 처음 보았던 피카소가 만년에 「시녀들」을 재해석하여 「라스 메니나스」 44개를 연작으로 제작함으로써 더 유명해졌고, 20세기 프랑스 철학자 미셸 푸코가 이 그림의 가치를 높이 평가해 형이상학적으로 분석한 글을 남기기도 했다.

박진감 넘치는 처형의 극적 순간

고야의 「1808년 5월 3일」

일단의 프랑스 나폴레옹 군대가 스페인의 마드리드를 점령한 후, 프랑스 병사들이 스페인 민중을 처형하는 극적인 순간을 포착한 프란시스코 고야의 「1808년 5월 3일」은 내 소설과도 무관하지 않다. 한국전쟁 와중에 빚어진 경남 거창군 신원면의 국군에 의한 양민 학살 사건을 다룬 『겨울 골짜기』를 쓸 1980년대 중반, 나는 고야의 그 그림을 책상 유리판 밑에 끼워두고 글이 잘 풀리지 않을 때 오랫동안 응시하곤 했다.

나는 사형 제도 폐지론자이다. 재판에서의 선고 결과로, 오직 하수인으로 상부 명령에 복종해서, 복수심에 따른 자의에 의해서든 어쨌든, 사람이 사람을 죽일 권리는 없다. 그러나 전쟁의 광기는 인간으로 하여금 이성적 판단을 마비케 한다. 전쟁은 무자비한 살상의 현장이고, 점령군은 무기를 버리고 투항한 적군이나 민간인, 대항력이 없는 노인이나 어린아이조차 무차별적으로 살육한다.

민둥한 언덕 앞 헐렁한 흰 셔츠에 노란색 바지를 입은 처형되는 자는 무릎을 꿇고 두 손을 쳐든 채 총구를 보며 경악한다. 그는 우는 듯, 성난 듯, 쏠 테면 쏘라는 자부심, 이제 끝이라는 절

Francisco Goya, *The Third of May 1808*, 1814, Museo del Prado, Madrid.

망감으로, 죽음 직전의 만감이 교차하는 표정이다. 왼쪽 아래는 이미 처형당해 쓰러진 자들 주위로 피가 질편하고, 처형되는 자 양쪽으로 배치된 공포 앞에 마주 선 마드리드 시민들의 표정이 다양하다. 얼굴을 가리고, 귀를 막고, 주먹을 불끈 쥐고, 더러 하나님을 찾거나, 하나님이 자기들을 버렸다고 원망하는 모습이다. 처형자를 흘겨보는 기회주의자의 모습도 보이고, 중앙에 배치된 머리칼을 쥐어뜯는 자는 그 자세가 과장되게 묘사되어 비극적 순간의 현장감을 증폭시킨다. 차갑고 서늘한 금속성 총열을 처형자에게 겨눈 일단의 프랑스군은 인간이 아닌 야수들로 그 표정을 감춘 채, 방아쇠를 당길 맡겨진 임무에만 충실할 뿐이다.

이 그림은 화가의 의도적인 배려지만, 명암의 집중적인 효과로 처형 순간의 비극성이 한층 강조된다. 마드리드 시민과 프랑스 병사들 사이에 사각형 등이 놓여 있는데, 등불이 어둠 속에서 처형자의 자태만을 대낮인 듯 확연하게 드러낸다. 별도 스러진 하늘 아래 저 멀리 이 비극을 아는지 모르는지, 원수조차 사랑하라는 계율의 수도장인 수도원과 뾰족탑이 은은하게 드러난다.

1808년 5월 3일, 마드리드 시민의 봉기를 탄압하며 자행된 프랑스군의 무자비한 집단 학살을 고야는 마드리드에서 직접 목격했다. 이미 62세로 귀머거리였던 그는 사방에서 들려오는 총소리는 듣지 못했겠지만, 이 그림의 장면까지 현장에서 보았는지는 알 수 없다. 그러나 조국의 민중이 겪은 참사를 지켜보며 인간이 인간에게 저지르는 만행에 분노한 고야는, 이 수난을 역사적 교훈으로 후대에 남기고자 결심했음이 분명하다. 「1808년 5월 3일」과 닮은 구도로 프랑스 군대가 스페인의 수도승들을 처형하는 장면을 그린 미구엘 감보리노Miguel Gamborino의 판화가 그 토대를 제공해주었다.

고야는 엘 그레코와 벨라스케스를 이어 18세기와 19세기에 걸쳐 활약한 스페인의 대표적 화가로, 고전주의의 장려함을 잃지 않으면서도 다양한 인간 묘사에 초점을 둔 냉정한 관찰자였다. 그는 인간의 우매함, 교활함, 잔인함, 폭력성을 고발한 많은 작품을 남겼다. 사회 최고위층부터 범죄 집단의 악행에 이르기까지, 그는 모든 악의 형태를 예리하게 조롱했다. 구두쇠, 호색한, 허풍쟁이, 무지한 의사, 변덕스러운 노파, 추한 노인, 창녀와 위선자, 한마디로 인간의 추악한 면을 낱낱이 해부했다. 「로스 카프리초스」라 불리는 이 풍자화에는 400여 명의 인물과 동물이 등장하는 장관을 이룬다.

고야는 1808년부터 1814년에 걸쳐 프랑스군에 대항한 스페인 민중의 항전을 통해 인간의 추악함과 광기를 보았으며, 환상을 통해 인간을 지배하는 거대한 악의 정체를 끌어냈던 것이다.

고야는 80세가 넘도록 오래 살았다. 귀먹고 병들고 맹인이나 다름없는 상태에서도 그는 붓질을 멈추지 않았다. 신은 때로 위대한 한 사람에게 독창적인 재능을 부여하고 그를 고통과 절망에 빠뜨렸다가, 거기서 그가 이겨낼 때 비로소 그 숭고한 영혼을 건져내기도 한다.

혁명가의 죽음을 순간적으로 포착

다비드의 「마라의 죽음」

위대한 인간은 한 시대를 만들기도 하지만, 선택된 시대는 한 인간의 굴절 많은 삶을 통해 그를 위대하게 만들기도 한다. 자크-루이 다비드야말로 프랑스혁명과 나폴레옹의 등장이란 격동의 시대를 살며, 그 역사적 현장을 신고전주의 기법으로 완성한 대표적 화가이다.

화가 지망생들의 선망의 대상인 공식적인 등용문 '로마상'을 다비드가 수상한 때는 1774년, 그의 나이 26세였다. 그 상의 은전으로 주어지는 로마 여행은 그의 그림에 전환점을 가져다주었다. 당시는 대대적인 로마 고적 발굴에 때맞춰, 르네상스 건축 및 미술 양식과는 또 다른 고대 그리스와 로마 건축·미술에 대한 동경이 유럽 지식사회에 확산되던 시기였다. '정신의 뿌리인 고대로 돌아가자'라는 구호가 광풍노도처럼 유럽을 휩쓸었다. 다비드는 로마에서 다섯 해를 체류하며 고전 미술 연구를 계속했고, 대작 「호라티우스 형제의 맹세」(1784)와 「소크라테스의 죽음」(1787)에서 보여주듯, 그리스와 로마 정신의 충실한 계승자임을 자부했다. 정연한 통일감과 표현의 명확성, 균형 잡힌 구도와 형상의 입체적 엄격성 또한 그 정신의 구현을 통해 자기 것으로 만들었다.

계몽사상가 몽테스키외, 볼테르, 루소, 디드로 등에 의해 배양된 혁명의 이념은 1789년 7월 14일 파리 시민의 바스티유 감옥 습격을 시발로 프랑스혁명의 봉화를 올렸다. 사상의 자유, 국민주권, 과세의 평등, 소유권의 신성 등 「인권선언」을 내세운 혁명의 불길은 1794년 7월 28일 혁신 정당 자코뱅당의 맹장으로 산악파山岳派를 이끈 로베스피에르가 처형됨으로써 소진되고, 이어 등장한 풍운아 나폴레옹이 유럽을 전쟁의 화약고로 만들었다.

계몽사상가들을 열렬히 지지하고 고대 그리스와 로마인의 후예를 자처했던 열혈 애국 시민 다비드는 프랑스혁명 기간 중 자코뱅당 당원으로 활약했다.

1793년 7월 13일 산악파의 핵심 지도자였던 마라가 자객 샤를로트 코르데에게 암살당했다. 피부병을 앓던 마라는 목욕탕에서 집무하는 버릇이 있었는데, 산악파의 독재를 증오하던 미모의 젊은 여성 코르데가 청원서를 가지고 그를 방문해 욕조 안에서 마라가 청원서에 서명하는 순간, 비수로 그의 가슴을 찔렀다. 후대에 남겨진 코르데의 초상을 보면 은막의 여왕으로 한 시절을 누볐던 그레이스 켈리를 보듯 청순미가 넘쳐, 도무지 자객이라고는 믿어지지 않는다. 프랑스혁명 이전 명의名醫로 이름났던 마라가 피부병으로 고생했다는 게 아이러니한데, 욕조 안에서, 그것도 여성 자객에게 척살되었다는 비극은 마치 소설을 읽는 느낌이다. 소설이나 영화라면 코르데가 마라에게 청원서를 내미

Jacques-Louis David, *The Death of Marat*, 1793,
Royal Museums of Fine Arts of Belgium.

는 것을 시작으로, 그녀가 마라의 죽음을 확인하고 목욕탕에서 떠나는 순간까지의 일련의 행동을 마치 『죄와 벌』에서 라스콜리 니코프가 전당포 노파 자매를 살인하는 장면처럼 재현해낼 수 있을 것이다. 글이 조금 엇길로 나가지만, 그 미진함을 극복하려 는 발상은 20세기로 들어서자 회화 고유의 평면 작업과 '순간 포 착'을 깨부수는 데서 출발했고, 영상과 피시PC가 한몫을 거들어 현대 회화의 장르 파괴가 시작되었다.

「마라의 죽음」은 『인민의 벗』이란 신문을 발행하며 민중을 혁명의 원동력이라고 찬양한, 영원한 '인민의 친구'였던 마라의 순교자적 죽음에 바쳐진 다비드의 애정 어린 선물이다.

「마라의 죽음」은 고대 그리스와 로마 시대의 회화 수법대로 중점적인 효과에 꼭 필요치 않은 세부 묘사를 생략한 채, 객관적 이고 냉정하게 한 인간의 최후를 보여준다. 장식 없는 암갈색 벽 면의 단순한 처리, 그리스와 로마 조각에서 익힌 근육과 심줄의 묘사, 숨이 끊어진 마라의 데스마스크 같은 담담한 표정이 실감 난다. 이 그림은 화가의 감정 개입이나 과장이 없기에, 그 비극 성이 역사적 현장의 한순간으로 더욱 리얼하게 다가온다.

로베스피에르가 처형의 비운을 맞자 그를 지지한 다비드도 감옥에 갇혔으나, 뒷날 권력의 정상에 오른 나폴레옹에게 중용 되어 프랑스 화단의 최고 실력자가 된다. 대작 「나폴레옹 1세의 대관식」(1807)은 신고전주의의 완성작으로 불릴 만큼, 많은 인물 의 배치와 묘사가 주도면밀한 구도 아래 성취한 그의 일관된 작가적 태도를 엿볼 수 있다.

자코뱅당 당원으로서 다채로운 활동, 두 차례에 걸친 투옥, 나폴레옹의 수석 화가, 나폴레옹 실각에 따른 왕정 복귀 후의 브뤼셀 망명, 왕정과의 화해를 거부하고 망명지에서의 사망 등, 그의 파란만장한 일생이야말로 험난한 시대를 관통한 소설적인 생애였다.

유형지에서 귀가한 혁명가의 모습

레핀의 「아무도 기다리지 않았다」

필자로서 내 지식은 대체로 백과사전을 통해 얻었고 백과사전적
이다. 간추려진, 얄팍한 겉핥기에 머문다. 어린이물 출판사에서
오래 근무하며 줄기차게 백과사전을 만들었는데, 글자 교정을
보거나 그림이 들어갈 쪽을 레이아웃하며 습득하게 되었다. 다
섯 권짜리 중학생용 백과사전을 만들 때 자연스레 성인용 백과
사전을 많이 활용했다. 교정을 보다 눈뿌리가 아리면 원색 도판
을 뒤적이며 세계 여러 나라의 풍정과 유명 화가의 그림을 구경
하곤 했는데, 그림 한 컷에 눈이 딱 머물렀던 것이 러시아 리얼리
즘 회화를 확립한 일리야 레핀의 「아무도 기다리지 않았다」였다.

유배지 수용소에서 형기를 마치고 몇 년 만에 소식도 없이
돌연 귀가한 사내와 이를 맞는 가족의 표정을 순간적으로 잡은,
팽팽한 긴장감이 넘치는 화면이다. 나는 레핀의 그 그림에서 섬
광처럼 뇌리를 스쳐 가는 아버지의 젊은 모습을 보았다.

유엔군과 국군의 인천상륙작전으로 수도 서울이 탈환되기
직전, 구로 지역 방어선 후방부 책임자로 마지막까지 서울에 잔
류하다 월북한 뒤 유격6지대 간부로 다시 남하, 1952년 3월까지
태백산·일원산 일대에서 유격 투쟁을 벌였다는 아버지 모습의

상상이었다. 전쟁이 끝난 뒤 우리 가족은 당신을 재상봉하리라는 기대보다, 당신이 가족 앞에 나타날까 봐 오히려 두려워했다. 당신이 첩보 임무를 띠고 남한으로 잠입하지 않을까 하는 가위눌림이었다. 아버지의 그런 이력과, 1976년에 금강산 부근 요양소에서 폐결핵으로 별세했다는 소식을 인편으로 접한 때가 1998년이다. 당신은 해방 전부터 사회주의 혁명가를 자처했고, 가족을 버려둔 채 평생 그 신념에 헌신하다 끝내 "민족 통일을 못 보고 죽는다"라는 말을 남기고 불행한 최후를 마쳤다고 들었다.

「아무도 기다리지 않았다」를 보면 도스토옙스키나 솔제니친이 유형지에서 소문 없이 돌아와 집으로 들어선 장면이 저럴 것이다. 레닌, 트로츠키 등 당시 사회주의 혁명가들은 혁명 진행 과정에서 로마노프 왕조의 비밀경찰에게 체포되어 처형당하거나 시베리아 유형을 다반사로 겪었고, 냉혈한으로 직업 혁명가였던 스탈린의 경우 여섯 차례나 유형 생활을 보내야 했다.

「아무도 기다리지 않았다」를 보자. 깡마른 얼굴, 퀭한 눈동자, 더부룩한 수염, 낡고 찌든 외투와 오랜 행려를 말해주듯 닳아빠진 가죽신. 피아노가 있는 거실의 풍경과 귀환자의 날카롭게 준수한 용모로 보아 시골 지주나 도시 상류층 집안 출신으로 짐작되며, 단순 범법자가 아닌 교육을 받은 지식인 사상범임을 암시한다.

갑자기 나타난 아들을 맞으려 엉거주춤 일어서는 어머니의, '이게 꿈인가 생시인가, 네가 내 아들이 맞냐'라는 당혹감을 옆

Ilya Yefimovich Repin, *Unexpected Visitors*, 1884~1888, Galeria Tretyakov.

모습을 통해 읽을 수 있다. 남편을 실내로 안내하며 문고리를 잡고 서 있는 아내의 모습을 보고 있자니, 아마도 살아생전 아버지와 상봉했다면 어머니의 표정이 저랬을 것이라는 생각이 든다. 아버지로 인해 고향 지서에서 당한 고문, 당신이 떠난 뒤 가족이 겪어야 했던 모진 가난이 한꺼번에 떠올라 기쁨보다는 공포가 먼저 엄습해올, 심장이 멎은 듯한 한순간이었을 것이다. 그래서 그네의 꼿꼿이 선 자세가 목석처럼 경직되어 있다.

한편 돌연 나타난 귀환자를 보는 미성년자 셋의 표정도 다양하다. 피아노를 치다가 고개를 돌린 귀환자의 누이나 맏딸쯤으로 보이는 소녀는 기쁨 속에 놀란 표정이고, 학생복을 입은 아들은 아버지를 맞는 기쁨이 표정 속에 좀더 적극적으로 표현되어 있다. 그림책을 보다 고개를 돌린 어린 소녀는, 저 험상궂게 생긴 초라한 남자가 대체 누구인가 하는 두려움을 표정에 그대로 드러낸다. 자신이 태어나기 전이나 유아 때 아버지가 무슨 대단한 사건에 연루되어 머나먼 유형지로 떠났다는 말만 들었을 뿐 그 모습을 기억하지 못하는 소녀는, 아버지가 차마 저런 몰골일 수는 없을 것이란 강한 부정否定을 드러내고 있다.

레핀의 「볼가강의 배 끄는 인부들」(1870~1873)과 「폭군 이반과 그의 아들 이반, 1581년 11월 16일」(1885)에서도 볼 수 있듯, 그의 그림은 현실적인 극적 순간을 중량감 있는 구성과 극도의 긴장감으로 압축하고 있다. 이 때문에 레핀은 회화에서 사회주의 리얼리즘의 길을 연 선구적 화가로 평가받는다. 1917년 러시아에서 레닌이 주도한 사회주의 혁명이 성공하자, 핀란드에 머물며 작품 활동을 하던 이 위대한 조국의 화가에게 소련 당국이 환영의 뜻으로 귀국을 요청했으나 레핀은 이를 거절했다.

러시아가 대변혁기를 맞았을 때, 굽이치는 역사의 격랑을 지켜보며 민중의 고통과 진보적 지식인의 수난을 꿰뚫고 이를 정직하게 화면으로 재현한 레핀이, 러시아혁명이 성공했음에도 불구하고 왜 조국으로 귀환하지 않았을까. 말년에 그가 종교적 테마를 추구한 점에 비추어볼 때, 사회주의가 종교를 말살하고 교조적 전체주의로 권력을 장악함으로써 왕정 시대와는 또 다른 의미로서 자유의 억압, 폭력과 공포를 조장할 것임을 탁월한 혜안으로 이미 예견했던 게 아닐까, 그런 생각이 든다.

삶의 벼랑에 내몰린 처자식

콜비츠의 「시립구호소」

내 문학에 가장 큰 영향을 준 화가를 말한다면, 먼저 떠오르는 인물이 독일 표현주의 미술의 중심에 버티고 선 화가 케테 콜비츠다.

콜비츠의 그림을 처음 만난 때는 그녀의 목판화 「프롤레타리아트」 시리즈의 하나를, 내 네번째 소설집 『환멸을 찾아서』에 표지화로 채택한 1984년 전후가 아닌가 한다. 그 무렵 나는 표현주의파 화집을 들추다 에칭 한 장에 눈길이 멎었다. 「시립구호소」를 본 순간, 나는 감전이나 당한 듯 그림 속으로 빠르게 흡인되는 마성魔性에 전율했다. 영양실조로 굶어 죽기 직전 포대기속에 잠든 듯 눈을 감고 누워 있는 핼쑥한 어린 아들을, 두 손으로 머리를 감싼 채 내려다보는 어머니의 고통에 찬 모습을 그린 그림이었다. 굶주림과 가난에 대해, 실오라기처럼 남은 목숨의 애처로움을 두고 이처럼 적확하고 절실하게 표현한 그 어떤 그림도 나는 그때까지 본 적이 없었다.

1979년에 발표한 「목숨」이란 단편이 있다. 서방은 절도질 끝에 옥살이를 갔고, 재개발로 난민촌 셋방에서도 쫓겨난 어머니가 병든 젖먹이 자식을 포대기에 싸안고 장맛비 속에서 병원

Käthe Kollwitz, *Municipal Shelter*, 1926,
Galerie St. Etienne, New York.

을 찾아 하염없이 떠돈다. 정신병자 같은 거지꼴의 그 어머니를 보자, 어느 병원도 병든 자식을 받아주지 않는다. 어린것은 영양실조와 폐렴으로 버스 안에서 숨을 거둔다. 비가 쏟아지는 밤, 어머니는 중국음식점 심부름꾼으로 있는 큰자식과 함께 이미 싸늘해진 젖먹이를 안고 쫓겨난 난민촌 뒷산으로 올라간다. 손갈퀴로 흙을 파서 젖먹이 자식을 묻기 전, 어머니는 "고통 없는 세상으로 떠나거라. 이 세상에 태어나지 않은 상태인 내 자궁으로 다시 돌아가라"라고 오열하며 숨 끊긴 젖먹이의 입술을 빤다.

그 소설을 쓰던 전후, 나는 내가 성장기에 겪었던 가난 체험을 통해 못 가진 자들의 설움과 분노를 열심히 소설로 육화했는데, 콜비츠의 그림을 알게 된 후부터 많은 문장을 짜깁기하여 엮어내는 소설보다 한 장의 그림이 주는 전달력이 훨씬 감동적임을 절감했고, 언어가 이를 극복할 수 없다는 무력감에 실망했다. 1980년대 중반, 독일을 여행했을 때 나는 콜비츠의 화집을 구입했고, 그 뒤 그 화집은 장편『불의 제전』을 집필하는 동안 내 책상 서가에서 떠나지 않았다. 글을 쓰다 지치면 그 화집을 들추며 콜비츠의 세계에 한없이 빠져들어 신음을 삼키는 게 큰 위안이되었다.

「시립구호소」는 웅크린 채 잠든 두 자식과 함께 시름에 차눈을 감고 있는 어머니의 모습을 담은 스케치이다. 얼굴을 마주대한 어머니와 자식의 절절한 표정을 보라. 고단한 잠에 빠진 앙증맞은 모습의 어린 딸과 엄마 품을 파고든 젖먹이, 그 자식들을 어떻게 굶기지 않고 살려낼까 근심하다 잠시 잠에 빠진 어머니의 광대뼈 불거진 초췌한 얼굴은 더 살아갈 기력을 잃어버린 절망적인 한순간이다.

"피란 내려와 얼마나 살기 힘들었던지 너거들과 비상이라도 먹고 죽을라꼬 앙심을 품은 적이 한두 번이 아니었다. 저 젖먹이 어린것이(막내아우) 이틀 동안을 피죽도 몬 묵어 울 힘도 없이 늘어져 누웠을 때, 증말 저 자슥과 함께 죽자꼬 어판장에 나온 복쟁이(복)를 한참이나 들이다봤니라. 돈만 있었다모 그놈을 사와서 우리 식구가 끓이 묵었을 끼다……" 「시립구호소」를 보면, 언젠가 어머니가 울먹이며 들려주던 말이 귓가를 울린다.

빈곤 문제는 비단 콜비츠가 활동했던 20세기 초 독일 현실로 끝나지 않는다. 지금도 지구상 인구의 3분의 1이 빈곤 속에 방치되어 있고, 절대 빈곤으로 굶어 죽는 인구가 하루에도 수천 명에 이른다. 저 아프리카 기아의 땅만이 아니라 북한 동포나 난민으로 중국 각지를 떠도는 탈북자 역시, 콜비츠의 그림이 현실로 방치된 상태다.

1867년 동프로이센 쾨니히스베르크에서 태어난 케테 콜비츠는 1891년부터 베를린의 노동자 거주 지역에 정착, 그들과 함께 생활하며 일련의 사회성 강한 작품들을 생산했다. 직조공들의 반란, 농민전쟁의 참상과 수난의 농민상, 아들이 희생당한 제1차 세계대전의 비극, 노동 가족의 빈곤 문제, 빈곤과 질병 속에 방치된 이름 없는 그들의 죽음 등을 에칭·목판화·석판화로 제작하여 20세기 독일의 대표적인 판화가로 인정받았다. 그녀는 다수의 자화상도 남겼는데, 말년의 자화상은 얼굴과 표정에서 풍기는 오랜 풍상을 견뎌낸 그 강인함이 대지모신大地母神의 화신과 같다. 말년의 모습은 곧 그 사람 자체임을, 콜비츠의 자화상과 사진을 보면 머리가 끄덕여진다.

골조 건축과 노동의 건강성

레제의 「도시의 건설자들」

21세기에 이르자, 앞으로 다가올 100년의 발전 전망에 대해 각계 전문가의 다양한 예상이 개진된 바 있다. 꿈이나 공상 같은 전망도 화제가 되었다. 그러나 그런 예측은 근사치의 확률보다 틀릴 확률이 더 많을 것이다. 19세기 말에 20세기를 전망할 때, 이후 100년 동안 기술 문명·문화·삶의 질이 오늘에 이를 줄은 어느 누구도 예측하지 못했다. 한편 발전에 따른 반대급부의 부작용도 이처럼 심각할 줄 미처 예상치 못했다.

지난 20세기 100년을 돌아보면, 무엇보다 과학기술의 경이적인 발전과 노동 세력의 폭발적인 성장, 노동자의 권익이 혁신된 시대였음이 먼저 주목된다. 발전을 거듭한 기계문명은 노동의 고용 창출을 무한대로 확대시켰고, 그전 세기까지 착취의 대상이었던 노동자들은 임금 및 복지의 권리를 법적·제도적으로 신장시켰다. 20세기에는 노동자가 이 사회의 중심 세력으로 정착했고, 현실 정치권력은 그들의 요구를 수용하지 않으면 정권을 잡을 수 없었다. 노동자의 천국으로 자부한 사회주의가 자본주의에 맞서 굳건한 지원 세력으로 버티고 있기도 했다.

페르낭 레제의 「건설자」 시리즈 중 최종 완성작인 대작 「도시의 건설자들」은 일생에 걸친 그의 예술적 성과를 집약하고 있다. 공장이든 사무실이든 주거용이든, 집을 지어 도시의 주거 공간을 건설해나가는 노동자야말로 '인류 사회의 건설자'라는 노동의 건강성이 한눈에 들어온다. 다이내믹한 기계문명, 노동의 힘찬 생명력, 땀 흘리는 자의 낙천성이 기계문명의 상징인 튼튼한 직선 그리고 인물의 곡선 교직과 조화를 이루며 단순 명쾌함을 전달한다. 푸른 하늘에 떠 있는 구름, 하늘로 치솟는 철골 구조물의 기술적 성과, 거기에 매달리거나 걸터앉거나 철근을 옮기는 노동자의 협동성이야말로 그들이 이 사회를 낙관적인 미래로 건설할 핵임을 웅변한다. 색상 또한 장식적 효과를 극대화하여 푸른 하늘과 붉은 철골 구조물을 대칭으로, 노동자들의 모습을 사물의 한 부분으로 조형화시키고 있다.

레제는 자신의 그런 작업 태도를 두고, "나는 사실적인 구상 세계로 접근하여 노동자와 금속성 기하학 사이의 콘트라스트(대비)를 최대한 활용했다"라고 말했다. 그는 피카소나 벽화로 유명한 멕시코의 디에고처럼 공산주의자였으나, "그 시대의 예술에는 그 시대의 리얼리즘이 있다"며 고정되고 박제된 리얼리즘을 넘어서서 과학의 진보를 확신하듯 예술의 개념에서도 진보를 믿었다.

20세기의 영향력 있는 좌파 극작가 베르톨트 브레히트는 레제의 전혀 새로운 스타일인 기하학적 그림을 두고 '발전적인 리얼리즘'이라 치켜세우며, 사회주의 리얼리즘의 교조적 보수성

Fernand Léger, *Builders with Rope*, 1950,
Musée national Fernand Léger, Biot.

의 한계를 극복한 새로운 리얼리즘(뉴리얼리즘)이라 변호하기도
했다.

세잔의 영향을 거쳐 피카소·브라크와 함께 큐비즘 운동을
주도한 레제는 제1차 세계대전 참전을 계기로, 1917년부터 원통
형 기하학적 형태를 더욱 단순화시키며 기계와 인간의 공동 작
업을 구체화시켰다. 그에게 인간은 기계와 같은 사물의 한 부분
으로 인식되었다. 여기에는 그가 화단으로 나오기 전에 근무했
던 건축사무소에서의 체험이 밑바탕되었겠지만, "인물의 표정은
나에게 너무 센티멘털하게 보인다. 나는 사람을 기계의 조형적
구조물처럼 단순한 물체로 보았고 얼굴에도 그와 같은 조형성을
주고 싶다"라고 말하기도 했다. 그의 말은 맞았다. 공업화·도시
화가 급속하게 추진된 20세기는 인간으로서의 인간다운 표정이
점차 사라졌고, 인간이 기계의 한 부품으로 전락해갔다. 스스로
를 잃어가는 대신, 오히려 도시의 조형이 인간을 닮게, 인간들이
이를 만들기에 골몰했다.

1990년대로 넘어오며 노동자가 주체였던 사회주의권이 몰
락했다. 시장경제의 승리 이후, 노동자들이 신뢰했던 기계문명
은 이제 노동자의 적이 되어 그들을 도태시키는 새로운 기술
혁명 시대를 예고했다. 제러미 리프킨의 『노동의 종말』을 보면
21세기에는 '생각하는 기계'가 노동자의 일을 대치함으로써 대
량 실업 시대가 도래하리라는 것을 예견하고 있으며, 그런 징후
는 지난 세기말에 벌써 세계 곳곳에서 현실로 나타났다. 기술의

진보에 발맞추듯 경제적 이윤 추구에만 급급한 기업의 빅딜과 구조조정 과정을 거쳐 오며, 우리는 노동자가 실업이란 철퇴를 맞고 도시의 슬럼가로 내몰리는 시대를 목격한다.

레제의 「도시의 건설자들」은 그 찬란한 노동자의 세상이었던 20세기의 향수로서만 흐릿하게 존재할 것인가? 나는 그렇지 않다고 본다. 노동의 신성한 가치를 매장하는 사회와 이를 획책하는 배금주의 세력이야말로 21세기에 우리가 당면한 새로운 적이다.

슬픔을 걸러낸 따뜻한 인간애

벤 샨의 「광부의 아내」

벤 샨의 그림을 보면 자연스럽게 '슬픔'이란 감정이 이입되어옴을 마음으로 느낀다. 순수한 슬픔이란 정직과 진실을 기조로 한다. 감정의 추이가 슬픔을 거쳐 눈물에 이르게 될 때, 뺨을 타고 흐르는 한 방울의 눈물이 거짓일 수는 없다.

벤 샨의 그림을 볼 때 느끼는 슬픔은 '우리 삶은 슬픔의 긴 통로'라는 그런 쓸쓸함으로 마음을 적신다. 그 슬픔은 비 내리는 늦가을의 풍광을 창밖으로 내다볼 때의 비감 서린 감정의 동요가 아니다. 삶의 현장을 구체적으로 들여다보았을 때 닿아오는 고통스러운 슬픔이다. 벤 샨의 슬픔을 처연하게 보고 있노라면, 그 슬픔을 잉태한 대상에 슬며시 분노가 끓어오른다. 분노의 대상은 사회의 구조적 모순과 닿는다. 그러나 한편, 그 슬픔은 정직과 진실을 수반하기에 연민과 동정심을 느끼게 되고, 그 슬픔을 위로하거나 희망을 심어주어야 할 책임이 내게도 있다는 아름다운 마음에 이르게 한다.

「광부의 아내」를 보면, 붉은 벽돌벽을 배경으로 클로즈업된 광부의 아내에게 한동안 눈길이 머물다가, 뒤쪽에 손자를 안고 의자에 앉아 있는 광부 할머니 쪽으로 눈길이 옮겨 간다. 다음 눈에 들어오는 화면은 벽돌벽 사이에 직사각형으로 뚫린 문이다. 문 바깥에는 헬멧을 쓰고 검은 옷을 입은 조그맣게 그려진 광부 둘과 채탄한 광산물을 보관하거나 제련하는 공장 건물이 있다. 뒤늦게 눈에 띄기는 천장을 가로지른 가느다란 흰 빨랫줄과 빨랫줄에 걸린 광부의 탈색된 검정색 작업복 바지다.

광부의 아내는 수척한 얼굴에 퀭한 눈, 이마로 흘러내린 머리카락과 굳게 다문 입술, 불끈 모아 쥔 큰 손이 생활에 찌든 하층민 주부의 전형적인 모습이다. 낡은 머릿수건과 윗도리, 아무렇게나 주름치마를 걸친 광부 아내의 자태는 온몸에서 슬픔을 뚝뚝 듣는다. 히틀러 정권의 유대인 수용소 게토에서나 만날 법한 유대 여인의 모습이기도 하다. 아기를 안고 웅크려 앉아 있는 할머니도 궁상스럽기는 마찬가지다. 화면을 압도하는 붉은 벽돌벽과 황토 바닥을 배경으로, 하층 노동자인 광부란 직업과 그 가족의 고달픈 삶이 한눈에 들어온다.

1990년대 중반 이미 폐광이 된 사북 탄광의 광산촌에 들렀을 때, 탄 먼지로 뒤덮인 꼬불꼬불한 골목길을 걸으며 나는 그들의 삶이 어떠했는지 짐작할 수 있었고, 골목길을 뛰노는 남루한 차림을 한 버썩 마른 아이들의 쾌활한 목소리에 목이 멨다. 일거리를 잃은 광부들은 대충 사북을 떠났고, 떠날 곳조차 없는 실업 노동자들만이 낮술에 벌겋게 취해 세상을 욕질하고 있었다. 하층민의 세계에는 그렇게 삶의 슬픔과 분노가 널려 있다.

리투아니아(소련 체제 붕괴 때 러시아로부터 독립)에서 1898년

Ben Shahn, *Miners' Wives*, 1948, Philadelphia Museum of Art.

에 태어난 벤 샨은 8세 때 부모와 함께 뉴욕으로 이민, 브루클린 빈민가에서 성장한 이민 1.5세대다. 1927년 그는 두번째로 파리로 건너가 모딜리아니, 뒤피, 루오, 마티스, 세잔의 영향을 받으며 그들 방식으로 그림을 그렸으나, '남들이 좋다고 칭찬하는 그림만 따라다니는 게 아닌가' 하는 회의 끝에 2년 만에 미국으로 귀국했다.

"여기에 서른두 살 먹은 목수의 아들, 내가 있다. 내가 좋아하는 것은 이야기와 사람들이다. 프랑스파는 내게 어울리지 않는다." 벤 샨은 이렇게 선언하고, 독자적으로 '자기 그림'을 찾아 그리기 시작했다. 정직과 진실을 생명으로 하여 눈에 보이는 그대로, 느끼는 그대로의 대상을 화폭에 옮겼다. 때마침 불어닥친 경제대공황은 그로 하여금 이민 세대로서 겪은 청소년기의 빈곤을 바탕으로 도시 빈민과 서민의 삶을 돌아보게 했다. 그들의 애환을 정직하게 추적한 그의 사회주의적 사실주의(사회주의 국가의 문예이론에 입각한 사실주의와는 구별됨) 그림이 미국 화단의 주목을 끌었음은 당연한 결과다. 정의롭지 못한 판결로 억울하게 처형당한 이탈리아계 무정부주의자였던 구두 공장 직공과 생선 장수의 수난을 23편 연작으로 그린 「사코와 반제티의 수난」 (1931~1932)이 그 한 예다.

사진작가 워커 에번스Walker Evans를 만나 사진에 관심을 갖게 된 벤 샨은, 1935년 농업안정국에 고용된 후 약 3년에 걸쳐 미국 남부와 중서부의 농민 사진을 6,000여 장 찍으면서 겉으로 드러난 일면 풍요롭게 보이는 농촌 이면에 감춰진 농민의 땀과 눈물, 그 진실을 끌어내는 데 관심을 기울였다. 사진이 보여주듯, 벤 샨은 자기에게 주어진 시대와 현실을 정면으로 바라보며 그 내면에 깃든 슬픔, 소외, 분노를 직시했다.

「광부의 아내」와 비슷한 시기에 그린 「해방」(1945)과 「굶주림」(1946) 역시 빈곤 속에 방치된 어린이를 통해 삶의 고통스러운 슬픔을 보여준다. 그 슬픔을 통해 벤 샨이 보여주는 또 다른 호소력은 인간에 대한 연민과 따뜻한 사랑이다.

당·인민·지도자를 그린 리얼리티

길진섭 외 3인의 「전쟁이 끝난 강선 땅에서」

지금이야 직접 가보지 않아도 북한 실정을 낱낱이 알 수 있는 시절을 맞았지만, 반공 논리의 족쇄에 채여 있던 1980년대 중반까지만 해도 귓속말을 통해 간간이 들을 수 있던 북한 현실이 사실인지 과장인지 알 수 없었다. 전쟁 전후, 남북 분단 문제에 매달려 소설을 쓰던 당시 나로서는 한국전쟁 전 해방 공간의 북한 사정은 월남한 피란민을 통해 귀동냥할 수 있었지만, 1953년 휴전협정 발효로 포성이 멎은 뒤 북한 동포는 어떻게 살았을까가 줄곧 궁금했다.

소설가란 아주 작은 하나의 단서라도 붙잡으면 이를 침소봉대針小棒大하는 경향이 있는 만큼, 나는 그런 단서를 서점에서 입수했다. 1985년 4월 '삼민사'에서 출간된 김낙중의 『굽이치는 임진강』에 기록된 몇 줄을 통해 1955년과 1956년의 북한 현실을 어림짐작할 수 있었다. 1955년 '통일독립청년공동체수립안'을 휴대하고 임진강을 도강, 단신 월북하여 1년을 북한에서 머물다 귀환한 저자가 개성에서 기차 편에 평양으로 가는 차창 풍경을 묘사한 것이 이렇다.

평양역에 도착할 때까지 퍽 여러 번 정거하였지만 한 개의 역사驛舍도 제대로 볼 수 없었으며, 철도 연변에서도 도시나 마을 같은 것을 한 번도 볼 수 없었습니다. 그저 황야 속의 무인지대를 달음질치는 듯한 느낌이고, 기차가 멈추는 곳마다 산기슭에 몇 개의 토담집이 옹기종기 붙어 있었습니다.

저자가 평양에 도착하여 방북 목적에 따른 심문을 밤새워 받을 때, '밤이 없는 도시'란 소제목 아래의 설명이 이렇다.

기진맥진한 몸을 가누어 창밖을 내다보면 언제나 쉬지 않고 기중기 소리가 나고 높은 발판 위를 대낮같이 밝혀놓고 일하는 노동자들의 모습이 보였습니다.

앞 설명에서 볼 수 있듯, 전쟁이 끝난 뒤 북한 땅은 말 그대로 원시사회로 환원되었다. 유엔군 비행기의 융단폭격으로 도시에는 제대로 남아 있는 건물이 없었고, 3년에 걸친 전쟁을 통해 많은 사람이 죽거나 불구자가 되었다. 그나마 수백만 인구가 남한으로 내려가버렸다. 어디부터 손을 대야 할는지 모를 황량한 폐허가 겨우 목숨을 부지한 북한 인민 앞에 널려 있었다. 그들은 동구권 동맹국의 원조로 겨우 끼니를 때우며, 여자는 물론 늙은이와 어린이 들까지 폐허가 된 전쟁 복구 사업에 불철주야 매달렸다. 원시적인 장비에 의지한 그 총력 복구 사업은 그로부터 10년

길진섭·장혁태·송찬형·최창식, 「전쟁이 끝난 강선 땅에서」, 1961.

이 넘도록 계속되었다.

「전쟁이 끝난 강선 땅에서」(도판은 부분화임)는 그 복구 사업 중 휴식 시간에 북한 지도자 김일성의 훈화를 듣는 장면(오른쪽 잘린 부분)을 그린 길진섭 외 3인의 집체화로, 1961년 북한의 '국가미술전람회'에서 일등상을 받은 유화이다.

공장 건설 현장에 동원된 노동자들이 수령의 말에 귀 기울이고 있는 이 사실화는 노동 현장의 삶이 잘 나타나 있다. 노동으로 단련된 강건한 체격, 노동자들의 진지한 표정과 다양한 휴식 자세, 남루한 노동복이 제목 그대로 전쟁이 끝난 뒤의 건설 역군을 마치 탄환처럼 힘차게 표현했다. 조국 건설의 약진, 노동의 신성함, '인민의 태양'으로 존경받는 수령 동무에 대한 경외감을 사회주의 리얼리즘으로 옮겨놓았다.

문학 작품과 미술 작품의 집체 창작은 사회주의권에서 다반사로 행해지는 예술 형태이다. 정치·사회·경제 현안을 전문가들이 모여 숙의한 끝에 보고서를 만들 듯, 예술 작품 또한 그렇게 만들어낸다. 조국과 당, 인민과 지도자에게 충성과 봉사를 목표로 하는 전체주의 사고방식에, 목적 예술은 당연한 귀결이기도 하다.

종합예술인 영화·연극·오페라는 여러 분야의 전문가들이 참여한다. 문학가동맹이나 미술가동맹으로부터 공동 과제를 받아 집체로 선전 문안·홍보 그림(디자인을 포함하여)을 협동하여 만들기도 한다. 그러나 작가마다 개성이 있고 그 독창성을 생명으로 하는 한 편의 창작품인 문학과 미술은 개인의 고독한 밀실 작업을 통해 완성됨이 보편적인데, 주문에 의해 생산하듯 여럿이 협동하여 만든다는 게 잘 납득되지 않는다. 명령이나 지시로 거기에 동원되는 것이 왠지 가련하다는 생각이 든다. 한 종류의 꽃만 핀 질서정연한 꽃밭이 사회주의라면, 자본주의야말로 다양성과 개성을 생명으로 각양각색의 꽃들이 현란하게 핀 어지러운 꽃밭이다. 나는 그 어지러운 꽃밭 여기저기를 기웃거리며 내가 좋아하는 꽃을 찾고 싶다.

길진섭은 평양 출신으로 3·1독립운동 때 민족 대표 33인 중 한 사람이었던 길선주 목사의 아들이다. 그는 아버지의 영향으로 일찍부터 민족의식이 강해, 도쿄 미술학교 서양학과를 졸업한 뒤에도 일제하 조선미전朝鮮美展에는 일절 참여하지 않았다. 그는 해방 좌익 미술단체 위원장과 서울대 교수를 지내다가 1948년 황해도 해주에서 열린 남조선인민대표자대회에 직맹 대표로 월북, 그곳에 주저앉았다. 뒷날 평양미술대학 교수와 북조선미술동맹 부위원장을 지냈다.

통일이 된다면, 자기 이념의 선택으로 월북한 예술가들의 그 땅에서의 삶과 내면적 고뇌를 듣고 싶다. 분단 반세기를 훌쩍 넘겼으니 이제 얼추 세상을 떠났을 테고, 청소한 나이에 월북하여 아직 생존해 있을 살아남은 인사를 생각해서라도 통일이 더 늦추어져서는 안 된다.

6부

삶의
유한성

죄 많은 세상살이, 얼마큼 회개하며 사나

엘 그레코의 「베드로의 눈물」

한국이 월드컵 4강에 오른 2002년 6월, 스페인 수도 마드리드에 들러 프라도 미술관을 관람한 후 수도 근교에 위치한 톨레도로 향했다. 톨레도는 중세 모습을 고스란히 간직하고 있는 고읍古邑으로, 그곳에 '엘 그레코 박물관'이 있다. 엘 그레코는 벨라스케스, 고야와 함께 스페인의 3대 화가로 인류에게 회자되고 있다. 엘 그레코가 살던 집을 개조하여 만든 박물관은, 그의 그림을 보러 온 많은 관광객으로 장터처럼 붐볐다. 그 유명한 「베드로의 눈물」을 직접 보기 위한 종교심 갸륵한 관람객 행렬은 성지순례를 방불케 했다.

정문을 거쳐 홀로 들어서면, 정면 중앙에 엘 그레코의 대표작 「오르가즈 백작의 매장」(1586~1588)이 관람객을 맞는다. 이 그림은 높이 5미터에 이르는 대작으로, 관람객을 한순간에 숙연하게 만드는 웅장한 작품이다. 사망한 백작의 장례를 집전하려는 지상의 인물들과, 백작의 영혼을 맞이하기 위한 천상의 그리스도 세계를 표현한 그림이다. 세잔을 비롯하여 독일 표현주의 화가들에게까지 심대한 영향을 미친, 19세기 유럽 화단에 큰 충격을 준 그림으로, 엘 그레코의 미술 세계를 한눈에 본다는 감회가 새로웠다. 그레코는 고전주의 화가로서는 드물게 벨라스케스와 함께 현대적 화풍을 실현한 최초의 화가였다.

그레코는 그리스 사람으로 그리스 문명의 태동지인 크레타섬 출신이다. 젊어서 이탈리아 베네치아로 나와 티치아노의 지도를 받고, 로마로 가서 라파엘로와 미켈란젤로의 작품을 접하고 큰 감명을 받았다. 그러나 무엇보다 그의 깊은 신앙심이 화풍에 절대적인 영향을 끼쳤다. 그는 성경에 나오는 역동적인 이야기를 천편일률적인 종교화적 방식으로 표현하는 대신, 실제 사실을 그대로 보여주듯 화면을 감동적으로 형상화하려 애썼다. 이방인으로 여러 곳을 떠돌던 엘 그레코는 1576년 마침내 스페인 톨레도에 정착하여 위대한 생애의 진정한 불꽃을 태웠다. 그리스가 그에게 생명을 점지해주었다면, 톨레도는 그에게 물감과 붓을 선사한 셈이다.

엘 그레코의 작품은 몇몇 초상화를 제외하고는, 초기부터 일관되게 복음서 내용을 바탕으로 한 종교화가 대부분이다. 반종교개혁의 영향과 16세기부터 개화되기 시작한 스페인 신비주의 문학이 그의 작품에 지대한 영향을 끼쳤다. 그는 르네상스 화풍의 일반적 경향인 황금조黃金調가 아닌 흑회색조黑灰色調로 화면의 명암에 깊이를 주었는데, 그 표현 방법이 몇 세기를 뛰어넘어 현대화의 기법과 상통했다. 그리고 비정상적으로 길쭉한 인체 묘사는 스페인 신비주의의 영향 탓으로, 이 점이 현대화의 과장법에 영향을 주었다.

「베드로의 눈물」역시 성경 내용을 바탕으로, 사도 시몬 베드로의 눈물 그렁한 슬픔과 고뇌에 찬 비통한 표정을 묘사한 엘 그레코의 대표적인 종교화다. 엘 그레코는 베드로가 참회의 눈물을 흘리는 그림을 여러 각도로 몇 점 그렸다.

주님이 제자들을 앞에 두고 "너희는 나를 누구라 하느냐?" 하고 묻자, 베드로가 "주는 그리스도요 살아 계신 하나님의 아들입니다"라고 대답했다. 베드로의 확신에 찬 신앙고백에도 불구하고, 주님은 "닭이 울기 전에 나를 세 번이나 모른다 할 것이다"라고 앞날을 예언했다. 말씀 그대로 베드로는 주님의 십자가 죽음 앞에서 세 번을 부인하고 만다. 주님이 심문당할 때 새벽닭이 울자마자 주님께서 몸을 돌려 베드로를 똑바로 바라보았는데, 그때 그는 주님이 하신 말씀이 떠올라 밖으로 나가 슬피 울었다. 그 뒤 베드로는 첫닭의 울음소리를 들을 때마다 늘 일어나 기도하며 몹시 울었다고 전해온다. 세 번이나 예수를 모른다고 부인한 사실을 뉘우치고 뉘우치며, 그는 수건 한 장을 가슴에 지니고 다니면서 흘러넘치는 눈물을 닦았다고 한다.

엘 그레코의 「베드로의 눈물」은 흰 머리칼에 수염 텁수룩한 어부 출신으로 몸이 건장했던 베드로가, '하늘나라의 열쇠'를 손목에 건 채 두 손을 마주 잡고 눈물 그렁한 눈으로 하늘을 우러르는 모습이다. 관람객들이 그 앞에서 발길을 떼지 못하며, 감동에 젖은 모습으로 눈물 그렁한 베드로의 눈을 쳐다보고 있었다. 한 장의 그림이 전달하는 심오한 종교심이 가슴 가득히 전달되

El Greco, *The Repentant St. Peter*, 1600,
The Phillips Collection, Washington.

어 온 탓이다. 주님이 인간의 생로병사生老病死를 보며 우리와 함께 슬퍼하며 우셨고, 베드로가 참회로 그 눈물을 이어받아 눈이 짓물러 있을 정도로 늘 울었다. 관람객들은 그 그림 앞에서 여태 살아오며 누구를 위해 무엇을 회개하며 울었는가를 돌아보게 되는데, 부끄러움이 보는 이의 마음을 후려치기에 그 앞에서 발길을 떼지 못하는 것이다.

후기자본주의 사회로 넘어오자 세상은 갈수록 복잡해지고 있다. 인간은 합리적 사고로 기계화되고 물질적으로 경제에만 밝아 마음이 메말라간다. 하나님이 물려준 지상의 낙원인 자연 역시 황폐화로 치달아, 우리나라도 최근 들어 심각한 미세먼지에 시달린다. 과학과 문명에 대한 지나친 맹신으로 인해 나날이 종교인의 수효는 감소 추세고, 믿는 자의 신심도 약화되는 형편이다. 그러다 보니 내 삶을 되돌아보고 기도하며 반성하는 명상의 시간도 줄어든다.

나는 타인을 위해 어떤 도움이 되었는지, 오늘 하루 어떤 선행을 베풀었는지를 따지기 전, 죄 많은 세상에서 알게 모르게 저지르는 나의 죄에 대해 무감각해진 것을 진중하게 생각해야 할 것이다. 오늘의 도시인들은 새벽닭이 우는 소리를 들을 수 없어서인지, 참회의 눈물도 메말랐다. 타인을 위해, 아니면 나 자신을 위해 회개하며 울어본 적이 언제였는지, 오늘 하루쯤은 숙연하게 명상해볼 일이다. 죄 많은 세상이라고 죄를 모른 체하고 살수만은 없지 않은가.

보라색으로 숨죽인 아내의 죽음

모네의 「임종을 맞은 카미유」

아내란 어떤 존재인가? 가사를 책임지고 자식을 낳아 기르며 바깥일 하는 남편이 집으로 돌아와 편히 쉴 수 있는 가정의 울타리가 되어야 한다고 말하면, 오늘의 여성들은 가부장적인 낡은 발상이라고 성토할 것이다. 아내도 남편처럼 사회 활동을 할 수 있으며 어린 자녀 돌보기와 가사도 남편과 아내가 공동으로 책임져야 한다는 주장에 나 역시 동의한다.

100년 전만 해도 부부란 철저하게 그 역할이 나뉘어 있었다. 봉건적 가부장 제도는 동양이 더 심했지만, 헨리크 입센의 『인형의 집』이 큰 물의를 일으켰듯 서양 또한 주부가 가사로부터 해방되는 것이 그리 쉽지 않았다.

100년 전쯤 서양의 경우, 화가의 아내란 어떤 존재인가? 대체로 가사에 매여 한평생을 보내기는 마찬가지였을 텐데, 화가란 직업이 그런 만큼 남편 그림의 모델로 봉사하는 시간이 적지 않았을 것이다. 화가가 자화상 이외에 가장 쉽게 모델로 끌어들일 수 있는 타인은 가족이고, 가족 중에도 아내가 우선이다. 아내는 모델료를 지불하지 않아도 되며 시간 제약을 받지 않는다. 화가는 모델이 된 아내에게 표정이나 포즈를 자연스럽게 요구할 수 있다. 아내 역시 화가와 함께 생활하는 만큼, 남편의 작품은 물론 그릴 때의 심리와 기분을 어느 모델보다 잘 이해한다.

클로드 모네가 카미유Camille Doncieux를 만난 것은 1866년이었다. 마네의 「풀밭 위의 점심 식사」에 자극을 받은 모네는 2년 후 비슷한 구도의 「피크닉」(1865~1866)을 그리고 이듬해 「초록 드레스의 여인」(또는 「카미유」, 1866)을 완성했는데, 그 작품에 카미유가 모델이 되어주었다. 둘은 곧 연인 관계로 발전했다. 하지만 모네 가족의 반대로 둘은 결혼할 수 없었고, 이듬해 카미유는 모네의 아들 장을 낳았다. 그는 장의 대부인 친구 바지유에게 "먹을 것이 없이 지내는 애 엄마를 생각하면 가슴이 미어터지네"하며 도움을 청하기도 했다. 화가의 호주머니는 늘 빈털터리였다. 둘은 1870년에야 결혼식을 올릴 수 있었다.

그로부터 카미유와 함께 산 아홉 해, 모네는 아내와 아들 장을 모델로 많은 그림을 그렸다. 붉게 타는 양귀비 꽃밭으로 산책 나온 아내와 아들을 그린 「개양귀비꽃」(1873), 아내가 모델이 된 「독서하는 소녀」(1872~1874)와 가족의 식사 뒤 정원 풍경을 그린 「점심 식사」(1873년경) 등, 틈나는 대로 짬짬이 그는 아내와 아들을 모델로 끌어들였다. 생활은 늘 힘들었다. 양식이 떨어지고 물감 살 돈이 없어 작업을 중단해야 할 때도 있었다. 동료 화가 르누아르와 마네에게 도움을 청하기도 여러 차례였다.

소설가는 작업을 하면서 아내와 대화를 나눌 수 없다. 집필할 수 있는 혼자만의 공간이 필요하기 때문이다. 작품 취재를 위한 여행도 아내와 함께 다니면 번거롭다. 반면 화가는 누구보다 아내와 마주하는 기회가 많다. 장시간 모델을 세워놓다 보면, 아내가 지루해할 때 집안 이야기와 그림 이야기를 나눌 수 있다. 여행지의 풍광 아래 아내를 모델로 세울 수 있다. 아내 입장에서는 무엇보다 남편이 자신을 화폭에 옮겨 아름답게 창조해주는 게 즐겁고, 남편과 많은 시간을 마주 보고 있을 수 있다. 그런 측면에서 화가의 아내는 소설가의 아내보다 행복하다.

카미유는 둘째 아이 미셸을 출산한 후 극도로 허약해졌다. 1879년 9월 5일 모네는 친구에게 이렇게 썼다.

아내가 오늘 아침 사망했습니다. ……불쌍한 아이들과 홀로 남겨진 저 자신을 발견하고 저는 완전히 낙담해 있습니다. ……우리가 몽 드 피에테에 저당 잡힌 메달을 찾아주십시오. 그 메달은 카미유가 지녔던 유일한 기념품이라 그녀가 우리 곁을 떠나기 전에 목에 걸어주고 싶습니다.

아내가 죽은 그달 9월 26일 실의에 잠긴 모네는 피사로에게 편지를 보냈다.

저는 극도의 슬픔에 빠져 있습니다. 어떤 길로 나아가야 할지, 두 아이를 데리고 내 삶을 어떻게 꾸릴 수 있을지 아무 생각도 나지 않습니다. 비통함이 뼈에 사무칩니다.

Claude Monet, *Camille Monet on her deathbed*, 1879, Musée d'Orsay, Paris.

「임종을 맞은 카미유」에는 젊은 날의 동반자로서 고락을 함께 해온 아내를 잃은 모네의 슬픔이 절절하게 배어 있다. 안개 같은 검푸른색 속에 감싸인 채, 죽음의 순간을 맞는 카미유의 얼굴이 애처롭다. 그가 젊은 날부터 탐구했던 빛의 분광, 그 현란한 색채의 아름다움마저 아내의 죽음 앞에선 숨을 죽였다. 오른쪽에서 들어오는 엷은 잔광이 카미유의 얼굴 윤곽을 살려내고, 그 주위로 마치 그녀가 당하고 있는 죽음의 고통을 표현하듯 검푸른 색을 비질하듯 거칠게 표현했다.

내게 너무도 소중했던 한 여인의 죽음을 기다리고 있으며, 이제 죽음이 찾아왔습니다. 그 순간 저는 너무 놀라고 말았습니다. 시시각각 짙어지는 색채의 변화를 본능적으로 추적하는 제 자신을 발견했던 것입니다. 어찌 보면 이제 영원히 우리 곁을 떠나려 하는 사람의 마지막 이미지를 보존하고 싶은 마음은 자연스러운 발상이었습니다. ······그 특징을 잡아내야겠다는 생각이 떠오르기도 전에 저의 깊숙한 본능은 색채의 충격에 반응하고 있었습니다.

아내가 죽음을 맞는 비통한 순간에도, 모네는 직업적으로 죽음 주위에 머물며 순간순간 변해가는 색채를 보았다. 뒷날 벌판의 노적가리와 루앙의 대성당과 영국 국회의사당의 연작 속에 아침·낮·저녁, 기후 조건에 따라 대상(사물)이 변하는 빛의 분광을 보았던 것처럼 말이다. 그러나 다른 한편, 아내의 죽음을 보는 순간 결코 놓쳐서는 안 될 사랑하는 사람을 곧 잃게 된다는, 자신의 내면에서도 점차 빛이 꺼져가는 절망을, 그러한 자신의 심리적 변화까지 화가는 본능적으로 추적하고 있었던 게 아닐까.

그리스도를 대신한 속죄양 화가

코린트의 「보라 이 사람을」

프랑스혁명과 나폴레옹의 유럽 공략 여파가 휩쓴 다음, 독일은 프로이센 왕국이 해체되고 비스마르크가 주도로 통일 독일이 건설됐다. 공업 발전에 따른 노동자 계급의 대두로 봉건사회에서 시민사회로 전환되는 시점, 유럽 열강들이 화약고를 업고 세력 확장에 나설 때, 사라예보 사건으로 제1차 세계대전이 발발했다. 그런 19세기 말과 20세기 초의 급변하는 격랑의 시대를 목격한 세대로서 코린트의 그림이 존재한다.

동프로이센 출신의 로비스 코린트는 청년 시절 고향을 떠나 화가의 길을 걷기 시작했다. 당시는 농촌 인구의 대량 도시 유입에 따른 도시 빈민 실태와 노동자의 열악한 생활 조건을 두고 사회정의를 부르짖는 종교계·지식계·예술계의 성토가 시끄러울 무렵이었다. 그는 안정된 사회에서 선망받는 화가로 그림에만 전념할 수 없는 불행한 시대를 타고났다.

「보라 이 사람을(에케 호모)」은 두 손이 결박된 사형수가 형장으로 끌려가는 장면을 그린 그림이다. 붉은 옷의 죄수는 혹독한 고문 끝에 얼굴과 팔에 피가 튀었고, 표정은 고통과 절망으로 찌그러졌다. 죄수 오른쪽에는 제복 입은 대머리 호송관이 포승

Lovis Corinth, *Ecce Homo*, 1925, Kunstmuseum Basel, Basel.

줄을 쥐고 따른다. 죄수 왼쪽에는 흰옷으로 보아, 형 집행 전 종교 의식을 맡은 사제거나 형 집행 후 사형수의 사망을 확인할 검시관으로 보인다.

이 사형수가 그리스도라니! 그 모습은 우리가 여태 성화나 그림으로 보아온 그리스도의 모습과 전혀 닮지 않았다. 둥글넓적한 얼굴은 물론 운동선수 같은 강건한 어깨와 팔뚝 또한 그렇다. 얼굴을 자세히 보면 그리스도와는 아무 상관이 없고 오히려 화가 자신의 모습과 닮았다. 화면의 전체적 분위기나 세 인물의 옷차림으로 보아 시대도 그리스도가 살았던 기원 1세기라기보다 코린트가 이 그림을 그린 1920년대가 걸맞다.

그리스도의 서른세 해 생애 중 가장 수모를 당한 마지막 한 순간을, 화가는 엉뚱하게 그분의 모습 대신 자신을 내세워 그리스도의 수난을 현재로 재현하고 있다. 고통으로 만신창이가 된 나를 보라며, 하나님 아들의 모습이 이 꼴로 곧 처형될 거라며 야유하고 조소하는 군중 앞에서, 모독과 수치를 스스로 감수한다. 그리스도 대신 화가 자신을 내세웠다는 점에서 참으로 고통스러운 발상이고, 한편으로 기발한 화가의 재치가 번득인다.

코린트는 「해골과 함께 있는 자화상」(1896), 「붉은 피의 그리스도」(1922)에서도 그리스도를 자신과 닮은 모습으로 그렸다. 그렇다면 화가는 이 외침을 통해 무엇을 말하려는 것일까? 그는 왜 그리스도의 대역을 스스로 맡아 나섰을까? 얼핏 짚이는 생각으로는 신성모독神聖冒瀆이다. 군중 앞에서 처형되는 죄인의 일 그려진 모습을 통해, 그리스도를 욕되게 하고 있다. 십자가의 보혈로 인간의 죄를 대신 씻어 구원하겠다는 성결한 그리스도의 모습이 아니다. 아니면 그리스도와 동격으로 자신을 내세움으로써 그리스도가 받은 수난을 자신이 받겠다는 참회로 해석한다 해도, 화가의 작의作意가 시건방져 보인다. 그 비밀을 푸는 길은 치열한 작가 정신, 그 내면의 통로를 함께 동행하는 방법밖에 없다.

코린트가 추구한 주제는 모순의 이중적 구조이다. 자연의 생동하는 힘, 그러나 그 힘은 언젠가는 부패 과정을 거치며 소멸한다. 삶의 풍요로움 이면에는 빈곤이 한구석에 방치되어 있음을 본다. 영원성은 영원히 영원할 수 없으며, 필경 유한성으로 막을 내린다. 경건함과 거룩함도 끝내 죽음을 피할 수는 없다. 그리스도가 그렇다. 이 위대한 '하나님의 아들'은 뭇 인간을 대신해서 죄인이 되었고, 고문당해 피 흘린 끝에 십자가에 못 박혀 죽었다.

"보라, 나를 조롱하는 사람의 자식들아! 나는 하나님의 아들이므로 내가 너희를 대신해서 이렇게 죽는다. 나의 죽음으로 너희는 구원을 받을 것이다!" 고통의 울부짖음으로 그리스도가 외친다.

"그렇다면 주여, 내가 당신을 대신해서 죽겠소. 나야말로 죄인이기 때문이오." 군중 속에서 이마가 넓고 어깨가 강건한 사내가 그리스도 앞에 이렇게 외치며 나선다. 코린트 자신이다. 시대의 어둠에 절망한 그는 그리스도 대신 속죄양을 자청한다. 베드로처럼 순교의 길을 나서겠다는 외침, 바로 에케 호모다.

코린트의 화가로서의 열정은 예술가로서 당면한 시대의 고뇌를 피하려 하지 않고, 이를 종교적인 속죄 작업으로 화면에 구현했다. 그가 사망한 해에 그린 「보라 이 사람을」이 이를 말해준다. 강렬한 터치의 거친 붓질 속에 그리스도의 외침이 처절하다. 이는 죽음이라는 유한성을 깨닫지 못하고 희희낙락하는 오늘의 인간들에게 그리스도를 대신하여 속죄양으로 나선 화가 자신의 외침이기도 하다. 고통을 기꺼이 받아들이겠다는, 죽음으로써 삶의 고통을 극복하겠다는 결연한 의지가 화면을 압도한다.

코린트가 살았던 유럽의 격변기는 지식인·예술가로 하여금 끊임없이 존재의 성찰, 사회정의에 대한 환기, 인간의 원죄 의식을 두고 고뇌를 강요한 시대였다.

모순의 생애, 모순을 극복하다

놀데의 「최후의 만찬」

20세기 독일 표현주의의 가장 뛰어난 화가 중 한 사람으로 꼽히는 에밀 놀데는 생애 자체가 모순투성이였다. 그는 일찍이 게르만 민족주의에 열광하여 '위대한 독일 건설'을 소망했기에, 1920년 반유대주의적 작은 정당이었던 독일노동자당(뒷날 국가사회주의독일노동자당, 즉 나치스)에 가입했다. 히틀러의 가입보다 한 해가 늦은 시기였다. 히틀러는 당을 장악하여 1930년 총선거에서 크게 승리하고, 1933년에 수상직에 올라 일당독재 체제를 확립했다. 놀데는 초기 나치 당원이었으나 1937년 히틀러 정권은 그의 미술을 '퇴폐예술'이란 이류으로 거부했고, 화가에게는 생명과 같은 그림을 다시는 그리지 못하게 탄압했다. 나치스의 탄압 이후, 그의 삶은 유폐 상태로 들어가 '현대 회화의 고아'로 전락하고 말았다.

놀데는 독일과 덴마크 국경 지대 슐레스비히에서 농부의 아들로 태어났다. 그는 뮌헨과 파리에서 미술 공부를 했으나, 그곳에서 배운 전통적인 기법을 무시하고 자유분방한 공상, 대담한 데포르메, 기괴한 인간의 가면假面, 원초적인 자연과 꽃, 영혼과 광기, 성서적 소재를 불꽃처럼 타오르는 색채로 표현했다. 원시

미술에 관심이 많았던 그는 1913년 시베리아와 중국을 거쳐 남태평양 일대를 여행하며 오리엔탈 토착민 예술에 감명을 받았고, 중세 후기의 독일 미술에 접근, 국수주의적 '독일 미술'을 창조하고자 심혈을 기울였다.

1937년 7월 18일 뮌헨의 '독일 예술의 전당'에서, 영웅주의와 예술의 사회적 의무를 전통 양식으로 다룬 친나치 성향의 작가들 작품을 중심으로 '대독일 미술전'이 개최되었다. 이튿날 근처 초라한 고고학연구소 건물에는 청소년 입장 불가가 나붙은 가운데 '퇴폐미술전'이 열렸다. '퇴폐미술전'에는 놀데를 비롯하여 발라흐, 베크만, 벨링, 에른스트, 칸딘스키, 클레, 코코슈카, 뮐러, 슐레머 등 현대 작가 112인의 작품 730점이 전시되었는데, 히틀러 정권은 이를 썩어빠진 모더니즘 계열의 작가들이라 비방하고 그들로 하여금 붓을 꺾게 했다.

"불구자와 백치의 기형적인 모습, 단지 혐오감을 유발시키는 여성들, 인간이지만 동물과 같은 남성들, 신의 저주라고 느낄 정도의 비천한 삶을 살고 있는 아이들, 그것들이 바로 그들의 창작품이다." 빈 시절 일찍이 화가 지망생이었고 스스로 '예술의 보호자'라고 자처했던 히틀러가 '퇴폐미술전'의 출품작을 두고 맹렬히 비난한 말이다.

놀데의 「최후의 만찬」은 '퇴폐미술전'의 제2그룹에 전시되었다. '종교적 표상에 대한 조소'라는 명목으로 놀데는 기독교를 유대적으로 더럽혔다는 규탄을 받았다. 그는 이전에도 1911년부

Emil Nolde, *The Last Supper*, 1909,
National Gallery of Denmark(Statens Museum for Kunst), Copenhagen.

터 이듬해에 걸쳐 교회나 독지가로부터 주문받지도 않은 아홉 폭의 다면화 「그리스도의 생애」를 그리기도 했는데, 거칠고 노골적인 그 성화는 그의 의도와 달리 성직자들마저 혐오했으니 훗날 나치스의 맹비난쯤은 당연한 결과일는지 모른다.

그리스도가 이 지상에서 제자들에게 마지막 베푼 「최후의 만찬」은 레오나르도 다빈치처럼 성스럽고 고귀하게, 그 그림 앞에 서면 절로 경건해져 옷깃조차 여미기 조심스러울 정도의 신심이 솟게 정성껏 그려야 마땅하다. 그런데 놀데의 「최후의 만찬」은 잔을 든 그리스도를 중심으로 둘러선 제자들 모습이 마치 시정잡배들이 술에 취해 있듯, 노숙자들이 빈민 구호소에 모여 허갈 든 배를 채우려는 듯 그 모색과 표정이, 한마디로 추악한 군상이다. 화면 전체를 덮은 붉은색과 검은색의 거친 붓질에는 섬뜩한 광기가 느껴진다. 세속적인 잣대로 재자면, 그리스도와 그 제자를 홀대한 그림임에 틀림없다. 그러나 이 한 폭의 그림이 과연 그리스도와 그 제자를 홀대한 퇴폐예술일까?

놀데의 「최후의 만찬」을 숙연하게 보고 있으면, 목수의 아들로 마구간에서 태어나 무소유의 노숙자로 짧은 인생을 살다 십자가에 처형된 그리스도의 인간적인 고뇌와, 그를 스승으로 모시고 따라나선 제자들의 고난에 찬 삶의 한순간이 감동적으로 다가온다. 나는 비록 인간의 손에 처형되지만 하나님의 아들이므로 반드시 부활한다고 선언한 그리스도와, 하나님의 아들이 왜 인간의 손에, 그것도 압제자 로마군에 의해 처형되어야 하며, 과연 스승이 자기 말대로 부활할 수 있을까 의심하는 제자들의 심적 갈등과, 어쨌든 곧 닥칠 그리스도의 비극을 예감한 순교 전야의 고통스러운 착잡한 분위기가 화면을 압도한다. 그 순간을 이렇게 잡아낸 놀데야말로 가장 진실에 접근한 종교 화가가 아닐까.

온유한 그리스도 모습

루오의 「성스러운 얼굴」

시인을 지망했던 막내아우 원도源道가 「루오의 손」이란 시로 대구 『매일신문』 신춘문예에 당선한 때가 1975년이다. 그의 시는 이렇게 시작된다.

> 빈 마을에 내리는 비
> 화가 루오의 손은 저 혼자 울고 있다.
> 창 앞에
> 뚝 뚝 떨어지는 어둠을 보고 있다.
> 나이보다 젊은 그림자 하나가
> 뼈 부딪히는 소리를 내고
> 대장간에도 내리는 마음의 비,
> 저 혼자 팔뚝은 움직이고 있다.
> ……

막내아우는 그해 여름을 넘기지 못하고 간경변의 악화로 "형님, 나 더 좋은 시 쓰고 싶은데……"하며 맺지 못한 안타까운 말처럼, 이 세상에 많은 미련을 남기고 눈을 감았다. 6·25 전쟁둥이로 태어나 유아 시절 얼마나 굶었던지 영양실조로 팔다리가 젓가락 같았던 막내아우는 그 굶주림이 원인이 되었는지, 25세의 애젊은 나이로 한 줌 재가 되어 대구 근교 금호강에 뿌려졌다. 아우가 대구 봉덕동 자기 방에서 마지막 숨을 거둘 폭염의 대낮, 생전 그의 문학 동무였던 시인 이태수, 이하석, 이동순, 소설가에서 영화감독으로 길을 바꾼 이창동, 출판인 심만수 등이 아우 곁을 지켰고, 벽에는 평소 그가 좋아한, 어쩜 그 복사판 그림이 그의 시에 모티프가 되었을 조르주 루오의 「성스러운 얼굴」이 이승을 떠나는 한 여린 생명을 내려다보고 있었다.

루오의 그림이 내 눈에 들어온 때는 1970년대 중반 박정희 대통령의 유신 체제 시절, 내가 어느 때보다 기독교에 심취해 있을 무렵이었다. 당시 나는 주일 낮 예배는 물론 주일 저녁 예배, 수요일 밤 예배에도 부지런히 참석하며 종교의 사회참여, 그 한계 설정 따위를 『신약성경』의 갈피 속에서 찾으며 답답한 현실에 괴로워했다. 그러던 어느 날 문득 루오가 줄기차게 그린 그리스도 그림에서, 나는 그분의 참모습을 새로이 보았다. 일종의 개안인 셈이다.

루오는 스승 모로Gustave Moreau로부터 성서와 신화의 세계에 영향을 받았으나, 아카데믹한 낭만주의에서 곧 탈피하여 독자적인 화풍을 개척해나갔다. 심청색深靑色을 기조로 한 어두운 화면에 시멘트 바닥에 붓질한 듯한 거친 화면과 굵은 선이 역동적 엄숙성을 강조한다. 모로 밑에서 함께 배운 마티스처럼 포비

Georges Rouault, *Sainte face*, c. 1946.

습에 경도되었으나, 그의 그림은 오히려 중세로 돌아가 두껍게 채색한 고딕 스테인드글라스나 비잔틴의 모자이크를 연상시킨다. "루오의 그림에는 고상함과 아름다움이 없다"라는 비평가의 비난을 받았으나, 그는 아름다움을 가시적이 아닌, 내면의 진실을 투과하는 다른 각도에서 해석하고 표현하려 했다. 동시대의 화가와 달리 인간의 고통에 깊이 천착하고 정신의 깊이에 도달하려 부단히 노력한 결과, 루오의 필치와 소재는 당대 어떤 경향과도 타협하지 않은 독보성을 확보했다.

'중세 르네상스 이후 진정한 종교 화가' '피카소·마티스와 어깨를 겨루는 20세기 대표 화가' '프랑스 표현주의의 표징.'

루오에게 바쳐진 이런 찬사 이전에, 나는 그의 그림을 통해 그리스도의 진정한 모습과 성서가 우리에게 가르친 말씀을 읽는다. 그의 그림은 일회성으로 거쳐 가는 인간의 삶이 얼마나 어렵고 괴로운지를 웅변한다. 그가 주된 소재로 삼았던 수난받는 그리스도의 모습, 어릿광대와 창녀, 교회가 보이는 가난한 도시 근교 풍경에는 성서에서 말씀한 가난한 자의 고난과 슬픔이 그들이 걷는 진흙탕 땅처럼 질퍽하게 배어 있다. 재판정을 그린 일련의 그림에서는 권력을 가진 자의 악덕과 교활함의 혐오감을 강렬한 색조와 굵은 선으로 표현했다.

루오는 제1차 세계대전 이전부터 많은 그리스도의 모습을 그렸다. 칙칙한 벼루에서 건져 올린 듯한 이 그림에서 보는 그리스도의 모습은 지상에서의 고난을 극복하고, '사랑'이란 한마디 말로 당신의 서른세 해 생애를 완성한 순결함이 넘쳐난다. 검푸른 하늘에는 달이 떴고 멀리 교회의 철탑이 보인다. 갈릴리호수 같은 푸른 물을 배경으로 면류관을 쓴 그리스도의 모습이다. 동그란 눈에 길쭉한 코, 작은 턱과 벗은 상반신을 굵은 먹선으로 처리했음에도 둔탁하기보다 심오한 깊이와 부드럽고 온화한 느낌을 주는 이유는, 바로 루오의 마음속에 자리 잡은 그리스도의 온유한 사랑이 육화되었음이다. 그리스도가 이 땅에 와서 살았던 33년이야말로 영광보다 고난에 찬 생애였고, 루오는 빈자의 모습으로 이 땅에 온 그리스도의 지난한 삶과, 낮은 자에 대한 사랑의 실천을 진정으로 느꼈던 화가이다.

고독에 단련된 의지의 표상

권진규의 「자소상」

1970년대 말, 내가 근무하던 출판사로 가까이 지내던 후배 시인이 찾아왔다. 그는 미당의 시 몇 구절까지 첨가된 남정藍丁 박노수의 16호짜리 목련화 한 폭을 가져와, 사정이 딱한 선배가 내놓은 그림이니 판매를 주선해달라고 부탁했다. 그는 그 문인화와 함께 신문지로 돌돌 말아 싼, 맥주잔만 한 남자 상반신을 거칠게 깎은 목조 작품도 보여주었다. 그러나 어디에도 조각가의 이름이나 사인이 없었다.

"이건 권진규 씨 목조각인데 덤으로 끼워주겠답니다."

당시만도 나는 조각가 권진규를 제대로 알지 못했다.

"소장자 선배 말로는 권진규 씨 작품이 틀림없다는데, 증명할 무언가가 없으니 함께 넘기겠다는 뜻이겠지요."

나는 권진규란 조각가가 몇 년 전 타계했다는 정도만 신문의 인물동정란을 통해 알고 있었다. 남정의 목련 그림은 현존 화가로 그분 필법이 분명한 데다 낙관까지 있어, 50만 원이라면 그 그림만으로도 괜찮은 가격이라 여겨졌다. 나는 그 두 점을 회사 사장에게 추천하여 이튿날로 시인에게 돈을 마련해주었다.

'아버지상'이라고 부르기에 알맞은 작은 흉상은 누구의 관심도 끌지 못한 채 사장실 서가에 얹혀 있었다. 그즈음에야 나는 화집을 통해 권진규의 흉상 조각과 그의 생애를 접할 수 있었다. 나는 사장이 자리를 비웠을 때 더러 사장실로 들어가 그 흉상을 찬찬히 살펴보곤 했다. 맨머리의 남성적인 당당한 표정, 굵은 목에서 어깨로 비스듬히 내려오는 강건한 선은 영락없이 권진규의 「자소상」밑조각이었다.

고려대학교 박물관에서 소장하고 있는 권진규의 대표작 테라코타 「자소상」은 그의 오랜 불상佛像 심취를 통해 극기의 정신, 그 한 정점에 도달한 구체적인 표상이다. 부리부리한 눈, 우뚝한 코에 굳게 다문 입, 몽골리안 골상의 근엄한 얼굴에서 어깨로 흘러내린 긴 곡선, 분할 표현으로 붉은 가사를 한쪽 어깨에 걸친 「자소상」은 고행하는 수도승의 모습이요, 라마교 조상彫像의 권진규식 해석이다. 한 예술가가 인간의 고독에 깊이 침잠한 끝에 도달할 수 있는 달관을 보는 듯하다. 한편 「자소상」은 참담한 현실 여건을 예술을 통해 극복하겠다는 조각가 자신의 오기와 그 집념의 상징이기도 하다. 근대 서구 조각의 질량감에 한국적 토속성을 조화시킨, 이렇게 힘찬 테라코타는 그 예가 흔치 않다.

함경남도 함흥에서 태어난 권진규는 1943년 춘천고등보통학교를 졸업하고 일본으로 건너가 미술 수업을 받다, 이듬해 징용을 피해 귀국했다. 해방 후 1947년 일본 도쿄로 다시 건너가 이듬해 무사시노 미술학교 조각과에 입학해 부르델Emile Antoine Bourdelle의 제자였던 일본 조각계의 거장 시미즈 타카시로부터

권진규, 「자소상」, 1969 ~ 1970, 고려대학교 박물관.

조각을 배웠다. 자기 작품에 선생이 손을 대면 작업을 중단하고 그 자리를 떠날 정도로 그는 자존심이 강했다. 1953년에는 일본 이과회전二科會展에 출품, 최고상을 수상하는 등 뛰어난 능력을 인정받았다. 미술학교 후배 일본 여성과 결혼하여 여섯 해를 살았으나, 조국에서 작품 활동을 하겠다며 1959년 그는 홀로 귀국했다.

권진규는 한국에 들어와 재혼했으나 실패하고, 여러 미술대학 강사 노릇으로 고단한 삶과 씨름했다. 서울 역시 그에게는 객지였고 사교성이 없던 그는 누구와도 잘 어울리지 않아, 말년에는 서너 평 남짓한 작업실에서 홀로 기거하며 테라코타를 만들었다. 여름이면 곰팡이로 찌들고 겨울이면 땔감이 없어 냉동 다락에서 누더기를 덮고 잠을 잤다. 고혈압과 신장병에 수전증까지 있었으나 제대로 치료를 받을 수 없을 만큼 가난했던 그는 살아생전 3회에 걸쳐 개인전을 가졌다. 그의 작품은 팔리지 않았다.

고려대학교 박물관은 권진규가 죽기 직전 그의 작품 세 점을 제값에 매입했다. 1973년 5월 3일 고려대학교 박물관 개관 기념 전시회 파티에 그는 생전 마지막 모습을 보였고, 이튿날 혼자 전시장을 다시 찾아 자기 작품이 제자리에 잘 전시되어 있는지를 확인하고는, 그날 오후 여섯 시경 스스로 목숨을 끊어 생을 마감했다. 그의 나이 51세였다. 구매자가 나서지 않아 작업실을 가득 채운 그가 만든 테라코타 얼굴들만이 선반 쇠줄에 목을 맨 그의 마지막을 지켰다.

사후에도 그는 이중섭만큼 뜨지 못했으나, 1980년대에 들어 한국 현대 조각 목록에 그가 차지하는 비중이 차츰 부각되었고 그의 테라코타도 가격이 몇십 배로 뛰었다.

글을 마치며

한 번뿐인 인생에서 문지 친구들을 만났다는 게 가장 큰 행운이다.

수시로 건강 안부를 묻고 소식을 알려주는 김병익 형兄,

좋은 약을 보내주는 마종기 형,

기도로 말씀으로 격려해주는 김주연 형,

병고에 시달리는 내게 이 모든 주변 사람들을 통해 늘 하나님은 말씀하고 계신다.

건강했으면 깨닫지 못했을 깊고 넓은 세계가 또 있다는 것을……

> "하나님이여 내가 늙어 백발이 될 때에도
> 나를 버리지 마시며 내가 주의 힘을 후대에 전하고 주의 능력을
> 장래의 모든 사람에게 전하기까지 나를 버리지 마소서."
> ―「시편」71장 18절

병원으로 출퇴근 중인 요양의 3월에
김원일

수록 작가 소개 (가나다순)

고갱Paul Gauguin (1848~1903)

프랑스 후기인상파 화가. 파리에서 태어나 상선商船 선원과 증권거래소 중개인으로 일하다가 점차 회화에 관심을 갖기 시작했다. 이후 경제적 궁핍과 문명 세계에 대한 혐오에 시달리다가 1891년 남태평양의 타히티섬으로 떠나, 그곳에서 원주민의 낙천적이며 건강한 삶과 열대의 밝고 강렬한 색채에 매혹되었다. 매독과 영양실조로 건강을 해친 그는, 1903년 환상으로 본 풍경을 그린 「눈 속의 브르타뉴 풍경」을 끝으로 기구한 생을 마쳤다.

고야Francisco Goya (1746~1828)

스페인의 펜테토도스에서 태어나 프랑스 보르도에서 객사했다. 1771년부터 1794년까지는 왕조풍의 화려함과 환락의 덧없음을 다룬 후기 로코코풍의 그림을 그렸다. 청각을 잃을 정도로 중병을 앓은 체험과 나폴레옹군의 스페인 침략으로 민족의식이 고양된 이후, 그의 작품 세계는 점차 스페인 특유의 독특한 니힐리즘에서 비롯된 암담한 느낌을 더해갔다. 만년의 고야는 환상성이 짙은 '검은 그림'을 그렸다.

고흐Vincent van Gogh (1853~1890)

네덜란드의 브라반트 북쪽에 위치한 작은 마을 그루트 준데르트에서 목사의 아들로 태어났다. 1880년 그림을 그리기로 결심하기까지 화상 점원, 전도사 등 여러 직업에 종사했다. 언제나 노동자, 농민 등 하층민의 모습과 주변 생활 풍경을 화폭에 담았던 그는 1886년부터 지속된 파리 생활에 싫증을 느껴, 1888년 2월 밝은 태양을 찾아 아를로 이주했다. 그해 12월 고흐는 정신병 발작을 일으켜 고갱과 다툰 끝에 면도칼로 자신의 귀를 잘라버렸다. 그 뒤 발작과 입원의 되풀이 속에서 절망하던 그는 끝내 권총 자살로 삶을 마감했다.

구본웅具本雄 (1906~1953)

호는 서산西山. 서울에서 태어나 니혼 대학[日本大學] 미술과와 다이헤이요 미술학교 본과를 졸업했다. 1938년 미술지『청색靑色』을 발간하는 한편 정판사精版社를 경영했고, 1952년『서울신문』촉탁으로 언론계에도 종사했다. 작품 경향은 큐비즘의 영향을 받아 지적이고 분석적이다.

권진규權鎭圭 (1922~1973)

함경남도 함흥에서 부호의 아들로 태어났다. 1942년 일본으로 건너가, 사설 아틀리에에서 미술 수업을 받았다. 1944년 고국으로 밀입국했으나, 1947년 다시 일본으로 건너가 무사시노 미술학교[武藏野美術學校]에 입학해 조각을 배웠다. 1959년 귀국하여 여러 차례 개인전을 가졌으나 실패하고, 정신적 고통과 병마에 시달리다 1973년 자살했다. 주로 인물이나 말·닭 등 동물상을 흙으로 구워 제작한 그는 불필요한 장식물을 극도로 생략하면서, 정신적 구도 자세를 집약적으로 추구했다.

길진섭吉鎭燮 (1907~1975)

호는 화암華岩. 1932년 도쿄 미술학교 서양학과를 졸업하고 귀국해 작품 활동을 시작했다. 독립운동가 길선주 목사의 아들이었던 그는 일본의 식민지 정책으로 만들어진 조선미술전람회 참가를 거부하고, 자주적 양화 운동을 내세운 목일회牧日會를 창립하여 활동하기도 했다. 단순하고 일상적인 소재를 세심하고 깔끔한 구도와 색채로 그려냈다. 1948년 월북하여 평양미술대학 교수 등을 역임하였다.

김홍도金弘道 (1745~?)
자는 사능士能, 호는 단원檀園, 단구丹邱, 서호西湖, 고면거사高眠居士, 첩취옹 輒醉翁 등을 썼다. 강세황의 천거로 도화서 화원이 된 뒤 1773년(영조 49) 에 왕세손(뒤의 정조)의 초상을 그렸고, 1781년(정조 5)에 어진화사御眞畫 師로 정조를 그렸다. 산수화·인물화·신선화·불화·풍속화에 모두 능했 고, 특히 산수화와 풍속화에서 새로운 경지를 개척했다.

놀데Emil Nolde (1867~1956)
본명은 에밀 한젠Emil Hansen으로, 독일 슐레스비히에서 태어나 조각학교 를 졸업했다. 공업학교 교사로 장식 드로잉을 가르치다가, 회화로 전향했 다. 분방한 공상, 대담한 형태의 데포르메, 불꽃처럼 타오르는 정동적情動 的 색채를 특색으로 하는 그의 조형은 괴기한 인간의 가면, 원초적 자연, 꽃과 물체의 미술적 현현顯現, 영혼과 광기와 신앙의 세계를 독특하게 표 현했다.

다비드 Jacques-Louis David (1748~1825)
파리에서 태어났다. 19세기 초 프랑스 화단에 군림했던 고전주의 미술의 대표자이다. 프랑스혁명 당시 자코뱅당 당원으로 신파 측에 가담하여, 로 베스피에르가 실각하자 투옥되었다. 그러나 후에 나폴레옹에게 중용되어 예술적·정치적으로 미술계 최대의 권력자로 군림하며 화단에 많은 영향 을 끼쳤다. 나폴레옹 실각 후 추방되어 브뤼셀로 망명했고, 조국으로 돌아 오지 못한 채 죽었다.

달리Salvador Dalí (1904~1989)

스페인의 피게라스에서 태어나, 14세 때부터 바르셀로나와 마드리드의 미술학교에서 공부했다. 꿈이나 환상의 세계, 이상하고 비합리적인 환각을 객관적·사실적으로 표현했던 그는 영화 제작에도 참여하였고, 가극이나 발레 의상, 무대장치 등 현대 상업미술에도 절대적인 영향을 끼쳤다.

뒤샹Marcel Duchamp (1887~1968)

프랑스의 화가로 루앙 근교의 블랭빌-크레봉에서 태어났다. 1913년부터 다다의 선구로 반예술적 작품을 발표하기 시작했다. 1915년 미국으로 건너간 후 이듬해 뉴욕에서 독립미술협회를 결성하여 반예술 운동을 일으켰다. 제1차 세계대전 이후 파리에 돌아와 초현실주의에 협력했고, 1942년 앙드레 브르통과 함께 뉴욕에서 '초현실주의전'을 열었다.

드가Edgar Degas (1834~1917)

프랑스의 화가로 파리에서 태어났다. 찰나의 순간, 역동적인 인물 동작을 잘 포착해내어 그 포즈를 정교하게 묘사하였으며, 새로운 각도에서 부분적으로 부각시키는 수법을 강조해왔다. 경미나 무희, 욕탕에 들어가거나 나오려는 여성의 순간적인 동작을 즐겨 그렸다. 이러한 그의 눈과 기량은 파스텔이나 판화에도 많은 수작을 남겼을 뿐 아니라, 만년에 시력이 극도로 떨어진 뒤에 손댄 조각에서도 더없는 걸작을 만들어냈다. 평생을 독신으로 보냈고, 그의 인간 혐오증은 늙어갈수록 더하여 고독한 가운데 파리에서 83세로 생을 마감했다.

레제Fernand Léger (1881~1955)

프랑스 아르장탕에서 태어났다. 큐비즘 운동의 중심인물 중 한 사람이다. 단순한 명암이나 명쾌한 색채로 대상을 간명하게 나타냈고, 원통형 등의 기하학적 형태를 좋아했다. 레제는 기계문명의 역동성과 명확성에 이끌려, 그것을 반영한 다이내믹 큐비즘이라는 경지를 이루었다. 회화와 건축, 인쇄·영화·연극 등 광범위한 영역을 아우르며 폭넓게 활동했다.

레핀Ilya Yefimovich Repin (1844~1930)

러시아 추구예프(현 우크라이나)에서 태어나 핀란드에서 사망했다. 각국을 순방하며 렘브란트를 포함한 서구의 고전을 연구한 후 귀국하여 극적 긴장과 구성의 중량감에 찬 역작을 발표했다. 깊은 사색과 관조에 의거한 모티프의 선택과 그 해석이 매우 독특하다. 많은 작품에서 제정 러시아의 사회악에 대한 비판적 정신을 충격적으로 표현했다.

렘브란트Harmensz van Rijn Rembramdt (1606~1669)

네덜란드의 레이던에서 제분업자의 아들로 태어났다. 1630년대 초반 암스테르담에서 초상화가로 명성을 얻었으나, 1642년 기존 초상화의 틀을 깨뜨린 파격적인 작품 「야경」을 발표한 후 대중으로부터 외면을 받고 빈곤과 고독에 시달렸다. 1669년 10월 유대인 구역의 초라한 집에서 죽었다. 현존하는 그의 작품은 유화·에칭·소묘로, 종교화·신화화·초상화·풍경화·풍속화·정물화 등 모든 종류에 걸쳐 있으며, 100여 점의 자화상을 남겼다.

로댕Auguste Rodin (1840~1917)

파리에서 태어났고 근대 조각의 시조로 일컬어진다. 르네상스와 중세 프랑스 조각으로부터 많은 감화를 받은 그는, 1878년 벨기에 체재 중 제작한 「청동 시대青銅時代」 이후 다채롭고 정력적인 작품 활동을 전개했다. 「청동시대」는 그 사실적 박진감으로 인하여, 살아 있는 모델에서 석고형을 뜬 것이 아니냐는 근거 없는 비난을 받기도 했다. 그는 건축의 장식물에 지나지 않던 조각에 생명과 감정을 불어넣어, 예술의 자율성을 부여했다.

로트레크 Henri de Toulouse-Lautrec (1864~1901)

프랑스의 화가로 알비에서 태어났다. 파리의 환락가 몽마르트르에 아틀리에를 차리고 10여 년 동안 술집·매음굴·뮤직홀 등의 정경을 소재로 삼아 작품을 제작했다. 풍자적인 화풍으로 사람들의 관심을 끌었고, 유화와 더불어 석판화도 높은 평가를 받았다. 날카롭고 박력 있는 소묘의 힘에 바탕을 둔 유화는, 인생에 대한 그의 통찰과 우수를 공감하게 한다. 30대 이후 알코올 중독으로 정신착란을 일으켜 병원에 입원했으나, 말로메의 별장에서 요양을 하던 중 37세로 생을 마쳤다.

루소 Henri Rousseau (1844~1910)

프랑스의 화가로 라발에서 가난한 함석공의 아들로 태어났다. 파리 세관의 세관원으로 근무하면서 독학으로 그림을 그리기 시작했다. 퇴직 후에는 파리 변두리에서 바이올린·그림 등을 가르치는 일을 생업으로 삼으며 그림에 전념했다. 그는 사실과 환상을 교차시킨 독특한 화풍으로 초기에는 사람들의 조소를 받았으나, 후에 피카소 등 인상파 화가들이 그의 작품에 주목하기 시작했다. 파리의 자선병원에서 죽었다.

루오 Georges Rouault (1871~1958)

프랑스 파리에서 가구 세공사의 아들로 태어났다. 일찍 예술적 재능을 나타내어, 10세 때부터 그림 공부를 시작했다. 성서와 신화를 주제로 한 독자적인 작품을 발표한 그는 20세기 유일한 종교 화가로 평가받고 있다. 디아길레프의 발레 「방탕한 아들」의 장치와 의상을 담당했고, 아시 성당의 스테인드글라스를 제작하기도 했다.

르누아르Pierre-Auguste Renoir (1841~1919)

프랑스의 화가로 리모주에서 태어났다. 인상파 화가들과 어울리며 인상파 그룹의 일원으로 활동하던 그는 「목욕하는 여인들」 이후 고전주의적 경향을 띤 작품들을 그렸다. 프랑스 미술의 우아한 전통을 근대에 계승한 색채가로서, 1900년에는 레지옹 도뇌르 훈장을 받았다. 만년에는 지병인 류머티즘성 관절염 때문에 손가락에 연필을 매고 그리면서도 마지막까지 창작에 매달렸다. 최후 10년간은 조수를 써서 조각에도 손을 댔다.

마그리트René Magritte (1898~1967)

벨기에 에노주의 레신에서 태어났고, 1916년부터 브뤼셀의 왕립미술아카데미에 입학해 그림을 배우기 시작했다. 한동안 큐비즘의 영향을 받은 그는 1926년부터 1930년까지 파리에 체류하며, 시인 엘뤼아르 등과 친교를 맺고 초현실주의 운동에 참가했다. 마그리트는 서로 고립된 현실 세계 속 물체를 재미있게 결합하고 명쾌하게 묘사하여, 매혹적인 환상의 세계를 그렸다. 그의 작품들은 밤의 신비나 괴기를 즐기는 초현실주의자들 사이에서 주목받았다.

마네Édouard Manet (1832~1883)

프랑스의 화가로 파리에서 태어났다. '인상주의의 아버지'로 불린다. 1861년 살롱에 입선하여 수상한 바 있으나, 이후 여러 차례에 걸쳐 낙선을 거듭했다. 1863년 '살롱 낙선전'에 출품한 「풀밭 위의 점심 식사」와 1865년 살롱 입선작 「올랭피아」(1863)로 일약 화단의 주목을 끌었다. 이 두 작품에 대한 지나친 비난에도 불구하고, 이후 젊은 화가들의 열렬한 지지 아래 인상주의의 길을 연 작가로 평가받는다. 51세에 파리에서 생을 마감했다.

마티스 Henri Matisse (1869~1954)

프랑스 북부의 카토에서 태어났다. 처음에는 파리에서 법률을 배웠으나 화가로 전향했다. 드랭, 블라맹크 등과 포비슴 운동을 전개한 그는 장식적이고 현란한 색채를 사용하여 독특한 작품을 창조했다. 제2차 세계대전 후인 1949년, 남프랑스 니스의 방스 성당 건축 및 장식 일체를 맡아 모든 기법과 재료를 동원하여 그의 예술의 집대성을 이룩하고, 니스에서 생을 마쳤다.

모네 Claude Monet (1840~1926)

파리에서 태어나 소년 시절을 영국 해협에 인접한 항구도시 르아브르에서 보냈다. 초기에는 인물화를 그렸으나 점차 밝은 야외에서 풍경화를 그렸다. 1874년 파리에서 '화가·조각가·판화가·무명예술가 협회전'을 개최하고 여기에 열두 점의 작품을 출품했다. 출품된 작품 중 「인상·일출」이란 제명에서 '인상파'란 이름이 모네를 중심으로 한 화가 집단에 붙여졌다. 만년에는 저택 안 넓은 연못에 떠 있는 연꽃을 그리는 데 몰두했다. 눈병을 앓다 86세에 세상을 떠났다.

모딜리아니 Amedeo Modigliani (1884~1920)

이탈리아 리보르노에서 유대계 명문가의 아들로 태어났다. 1906년 이후 파리에서 살았다. 탁월한 데생력을 반영하는 리드미컬하고 힘찬 구성, 미묘한 색조와 중후한 마티에르 등이 특색이다. 초기에는 풍경화를 그리기도 했으나, 파리로 온 후부터는 초상화와 나체화를 주로 그렸고 조각(소조)에도 몰두했다. 특히 긴 목을 가진 단순화된 형태의 독특한 여인상은 무한한 애수와 관능적인 아름다움을 품고 있다. 1920년 결핵성 뇌막염으로 의식을 잃고 쓰러져, 파리의 자선병원에서 짧은 생을 마감했다.

뭉크 Edvard Munch (1863~1944)

노르웨이 남부의 작은 마을 뢰텐에서 태어났다. 아버지는 의사였으나 심한 성격파탄자였고, 일찍이 어머니와 누이를 결핵으로 여의고 그 자신도 병약했다. 그 같은 환경과 육체가 뭉크의 정신과 작품에 영향을 끼쳤다. 생과 사, 사랑과 관능, 공포와 우수를 강렬한 색채로 표현한 그의 작품을 나치스는 퇴폐예술이라 하여 몰수해버렸다. 만년에는 은둔 생활로 생을 마감했다.

밀레 Jean-François Millet (1814~1875)

프랑스의 화가. 노르망디의 작은 마을 그레빌에서 농민의 아들로 태어났다. 1837년 파리로 진출하여 들라로슈의 제자가 되었다. 푸생과 미켈란젤로를 존경했던 그는 종교적·신비적인 주제와 농촌의 풍속을 즐겨 그리게 되었다. 1849년 풍광 좋은 바르비종으로 이사하여 본격적인 농민 화가로서 창작 활동을 하다 생애를 마쳤다.

베이컨 Francis Bacon (1909~1992)

영국의 화가로 아일랜드 더블린에서 태어났다. 16세 때 집을 떠나 유럽 각지를 방랑하면서 독학으로 그림과 실내장식을 익혔다. 제2차 세계대전 말기부터 유채화에 본격적으로 손을 댔는데, 강렬한 표현력으로 주목을 끌었다. 주제가 되는 인물이나 동물은 과거의 명화나 사진을 통해 얻고, 이를 기괴하게 극도로 변형시켜 기하학적으로 구성한 폐쇄 공간 안에 배치했다.

벤 샨 Ben Shahn (1898~1969)

미국의 화가이자 디자이너로, 리투아니아의 카우나스에서 태어났다. 여덟 살에 미국으로 이주한 그는 석판공으로 일하면서 뉴욕 대학과 뉴욕 시립

대학을 거쳐 국립디자인아카데미에서 공부했다. 색채의 평면적 사용과 섬세한 선을 특징으로 꼽을 수 있는 그의 작품은 정치적·사회적 문제들을 테마로 하여 강한 비판과 풍자의 정신을 담고 있다.

벨라스케스Diego Velázquez (1599~1660)

스페인의 세비야에서 태어났다. 1622년 수도 마드리드로 나가, 이듬해 펠리페 4세의 궁정화가가 되어, 평생 왕의 예우를 받으며 지냈다. 초기 작풍은 당시 스페인 화가들과 다름없이 카라바조의 영향을 받은 명암법으로 경건한 종교적 주제를 그렸으나, 민중의 빈곤한 일상생활에도 관심이 많았다. 그의 공간과 기법은 시대를 앞질러 인상파의 출현을 예고한 것으로 평가받고 있다.

브라크Georges Braque (1882~1963)

파리 근교 아르장퇴유에서 태어났다. 피카소와 함께 큐비즘을 창시하고 발전시킨 화가이다. 초기에는 풍경을 주로 그렸고, 중기 이후부터는 정물·실내·인물 등을 주제로 삼았는데, 그 구성의 밑바탕에는 항상 이성과 감각의 조화를 최대로 중시하는 프랑스적 전통이 깔려 있다. 조용하고 차분하게 가라앉은 색채는 만년에 이를수록 더욱 우아한 세련미를 더해갔다.

샤갈Marc Chagall (1887~1985)

러시아 태생의 프랑스 화가로, 비텝스크에서 태어났다. 표현주의를 대표하는 '에콜 드 파리'의 화가이다. 초기에는 큐비즘의 영향을 받았으나, 점차 슬라브의 환상성과 유대인 특유의 신비성을 융합시킨 독자적이고 개성적인 작품 세계를 구축했다. 소박한 동화의 세계나 고향의 생활, 하늘을 나는 연인들을 주제로 즐겨 다루었고, 자유로운 공상과 풍부한 색채가 돋

보인다. 유화·판화·벽화·스테인드글라스·조각·도기 제작을 비롯하여 무대 장식에 이르기까지 폭넓게 활동했다.

세잔Paul Cézanne (1839~1906)

프랑스 남부의 엑상프로방스에서 태어났다. 부유한 가정에서 자랐으며, 나중에 작가가 된 어린 시절 친구 에밀 졸라로부터 많은 영향을 받았다. 초기에는 인상파 화가로서 정물화와 풍경화를 주로 그렸으나, 점차 구도와 형상을 단순화한 거친 터치로 독자적인 화풍을 개척해나갔다. 자연을 단순화된 기본적인 형체로 집약하여 화면에 새로 구축해나가는 자세로 일관했고, 당대 젊은 화가들에게 큰 영향을 끼쳤다.

엘 그레코El Greco (1541?~1614)

그리스 태생의 스페인 화가로, 크레타섬 태어났다. '그리스 사람'이란 뜻의 '엘 그레코'로 불렸다. 베네치아에서 티치아노의 지도를 받고, 화가로서 입지를 굳힌 그는 펠리페 2세의 궁정화가가 되었으나 곧 그만두게 되었다. 종교화와 초상화를 주로 그렸고 오랫동안 그 진가를 인정받지 못했으나, 19세기 이후 재평가되어 세잔을 비롯한 많은 화가들에게 영향을 주었다. 특히 20세기 초 독일 표현주의가 등장하면서 중요한 작가로 평가되기 시작했다. 톨레도에 정착한 후 평생 그곳에서 그림을 그리다 생을 마쳤다.

자코메티Alberto Giacometti (1901~1966)

스위스의 조각가이자 화가. 보르고노보에서 태어났다. 1919년에 제네바의 미술공예학교에서 본격적으로 조각을 배우기 시작했던 그는, 이탈리아 여행에서 고대 미술품에 깊은 감명을 받았다. 1922년에 파리로 나와 평생 그곳에서 창작 활동을 했다. 1948년 철사처럼 가늘고 긴 뼈대만 남은 형태의 새로운 조상影像을 발표하며, 현대 조각사에서 가장 선구적이며 독창적인 자기 세계를 열었다.

장승업 張承業 (1843~1897)

조선 후기의 화가. 자는 경유景猶, 호는 오원吾園이다. 고아로 자라 어려서
남의집살이를 하면서 주인 아들의 어깨너머로 그림을 배웠다. 화재畫才가
뛰어났고 술을 몹시 즐겨 아무 술자리에나 가서 즉석에서 그림을 그려주
었다. 산수·인물 등을 잘 그렸고, 필치가 호방하고 대담하면서도 소탈한
맛이 풍긴다.

코린트 Lovis Corinth (1858~1925)

동프로이센의 타피아우에서 태어났다. 초기 작품은 사실주의적이었으
나, 후에 외광파 회화로 전향하여 독일 인상파의 대표적인 화가가 되었다.
1911년 중풍으로 고생하면서부터 점차 표현주의적인 경향이 강해졌으며,
만년에는 석판화·에칭의 수작도 남겼다.

코코슈카 Oskar Kokoschka (1886~1980)

오스트리아의 화가이자 작가. 푀힐라른에서 태어나 빈 미술공예학교에서
회화를 공부했다. 1908년 표현주의 운동에 참여했으며, 초상화를 그릴 때
인물의 심리적이며 내면적인 면을 드러내는 데 뛰어난 재능을 보였다. 판
화·풍경화·우의화를 바로크적인 표현으로 묘사했는데, 만년에는 화면의
색조가 밝아졌다. 문학에도 조예가 깊어 극작가로도 알려졌고 시집을 펴
내기도 했다.

콜비츠 Käthe Kollwitz (1867~1945)

독일의 화가·판화가·조각가. 쾨니히스베르크(현 칼리닌그라드)에서 태
어나 베를린과 뮌헨에서 수학하고, 1891년 의사인 K. 콜비츠와 결혼하여

베를린에서 살았다. 처음에는 유화를 그리다가 에칭·석판화·목판화 등을 제작하기 시작했다. 가난한 노동자들과 함께 생활하면서 비극적이고 사회주의적인 테마의 연작을 발표하여 20세기 독일의 대표적 판화가가 되었다.

쿠르베Gustave Courbet (1819~1877)

프랑스의 오르낭에서 태어났다. 1871년 파리코뮌 때 나폴레옹 1세 동상 파괴의 책임으로 투옥되었다가, 석방된 뒤 스위스로 망명하여 객사했다. 스케일이 크고 명쾌한 구성의 사실주의 회화를 그렸다. 당시 고전주의 같은 이상화나 낭만주의적인 공상을 표현하는 것을 일절 배격하고 현실을 있는 그대로 직시하고 묘사할 것을 주장한 그의 사상은, 회화의 주제를 눈에 보이는 것으로 한정하고 일상생활에 대한 관찰의 밀도를 촉구한 점에서 큰 의의를 지닌다.

클림트Gustav Klimt (1862~1918)

오스트리아 빈 근교의 바움가르텐에서 태어났다. 빈의 응용미술학교에서 회화와 수공예적인 다양한 장식 기법을 교육받았다. 이 시기에 거대한 스케일과 섬세한 필치로 보는 이를 압도하는 역사화에 매료되었고, 졸업 후 벽화를 그리는 장식 미술가로 명성을 쌓아나갔다. 유겐트 양식의 선구자인 그는, 동양적인 장식에서 착안하여 추상화와도 관련을 가지면서 템페라·금박·은박·수채를 함께 사용한 다채롭고도 독창적인 기법을 전개했다.

프리다 칼로Frida Kahlo (1907~1954)

멕시코의 여성 화가. 멕시코 태생의 세계적인 벽화 화가인 디에고 리베라의 아내. 18세 때 당한 교통사고로 평생에 걸쳐 30여 차례 수술을 받았고 심각한 후유증에 시달린다. 이후에도 회저병으로 발가락을 절단하는 등 극심한 통증과 재수술로 인해 고통 속에서 지내다, 폐렴이 재발하여 1945년 47세로 불운한 생을 마쳤다. 그녀는 끊임없이 지속된 육체적·정신적 고통과 디에고에 대한 사랑과 질투, 삶에 대한 의지를 예술로 승화시키는 한편, 멕시코 민중 신화를 작품 속에 재현해냈다.

피카소 Pablo Ruiz y Picasso (1881~1973)

스페인에서 태어나 14세 때 미술 공부를 시작했고 주로 프랑스에서 활동했다. 브라크와 함께 큐비즘을 창시하고 점차 현대미술의 양식과 영역을 개척하여 회화·조각·도예·무대 장치 등 모든 분야에서 폭넓고 정력적인 활동을 펼쳤다. 제2차 세계대전 당시 레지스탕스 활동가들과 교유하기도 한 피카소는 평화옹호운동에도 적극적으로 참여하여, 「게르니카」「한국에서의 학살」 등 전쟁의 비극성과 잔학상을 예리한 시각과 독자적인 스타일로 그려내기도 했다.

호머 Winslow Homer (1836~1910)

미국의 화가로 보스턴에서 태어났다. 석판화를 배운 뒤, 1857년부터 잡지 『하퍼스 위클리』의 삽화가로 활동했다. 1861년 남북전쟁이 일어나자 『하퍼스 위클리』 통신원 자격으로 전방에 나가, 전장에서 벌어지는 전투 장면과 북군 병사들의 일상을 사실주의 기법으로 기록해 명성을 얻었다. 1881년부터 영국 동북부의 어촌에 머물다 1882년 미국으로 돌아온 호머는 메인주의 프라우츠넥에 정착하여 사실상 은둔생활을 시작했다. 이때부터 그는 생애 가장 유명한 작품들, 즉 자연에 맞서 투쟁하는 인간의 모습을 커다란 화폭에 담았다. 밝은 색채와 광선을 중시하고 대상의 명확한 묘사로 독특한 화풍을 수립했으며, 일상적인 주제에 서정성을 곁들인 표현으로, 유럽풍 위주의 미국 화단에 새로운 바람을 일으켰다.

호쿠사이葛飾北斎 (1760~1849)

에도 시대 우키요에의 대표적 화가. 에도(현 도쿄)에서 태어난 그는 1778년 가쓰카와 순쇼의 문하에 들어가 새로운 목판화 기술을 익혔다. 전통과 전설, 살아 있는 일본 민중들의 삶에서 영감을 얻은 그는 1796년부터 1802년까지 3만여 점에 이르는 삽화와 원색 판화를 제작했다. 그의 작품은 19세기 중엽 유럽에 소개되어 선풍적인 인기를 끌었고 모네, 드가, 로트레크 등의 인상파 화가들에게 많은 영향을 주었다.

호퍼Edward Hopper (1882~1967)

미국의 대표적인 사실주의 화가로, 뉴욕주 나이액에서 태어났다. 뉴욕 예술학교에 입학해 삽화와 회화를 배우고, 파리에서 유학했다. 1920년대 중반부터 현대 미국인의 일상을 사실적으로 묘사한 작품으로 주목을 받기 시작했다. 그는 텅 빈 시가지나 건물 등을 주로 그렸고, 밤의 레스토랑, 인적이 끊긴 거리, 관객이 없는 극장 등을 소재로 한 도시인의 고독과 소외를 다룬 작품들로 유명하다.